Maja Nielsen

TATORT EDEN 1919

Maja Nielsen

TATORT EDEN
1919

GERSTENBERG

MAJA NIELSEN, 1964 in Hamburg geboren, absolvierte an der Hamburger Hochschule für Musik und Darstellende Kunst ein Schauspielstudium. Seit 1998 arbeitet sie als Autorin, ihre Geschichten sind als Bücher, Hörbücher und Rundfunk-Features erschienen. Maja Nielsens erfolgreiche Abenteuer!-Reihe im Gerstenberg Verlag wurde vielfach ausgezeichnet.

Für das Hörspiel *Feldpost für Pauline* erhielt sie 2009 den Deutschen Kinderhörspielpreis. Das gleichnamige Buch ist 2013 im Gerstenberg Verlag erschienen.

Maja Nielsen und der Gerstenberg Verlag danken Klaus Gietinger sehr herzlich für seinen kompetenten Rat und die fachliche Durchsicht des Manuskripts.

1. Auflage 2018

Copyright © 2018 Gerstenberg Verlag, Hildesheim
Alle Rechte vorbehalten
Umschlaggestaltung: init, Büro für Satz und Gestaltung, Bad Oeynhausen, unter Verwendung eines Fotos der Bildagentur bpk und eines Graffiti von Helge W. Steinmann © Helge W. Steinmann/ www.bomber.de/VG Bildkunst
Satz: typocepta, Köln
Karte: Peter Palm, Berlin
Fachliche Durchsicht: Klaus Gietinger, Berlin
Druck und Bindung: GGP Media GmbH, Pößneck
Printed in Germany

ISBN 9-783-8369-5681-9

www.gerstenberg-verlag.de

AUFNAHMEPRÜFUNG

»Hey Biko, wie ist die Aufnahmeprüfung gelaufen?«, fragt Kofi gespannt, als ich aus Berlin anrufe. Mein großer Bruder hat wahrscheinlich mitgefiebert, als ginge es um seine eigene Zukunft.

»Na ja – hier sind wirklich sehr viele Bewerber«, antworte ich, Enttäuschung in der Stimme.

»Verstehe.« Kofi ist betroffen. Das ist bei dem Schweigen, das folgt, nicht zu überhören. Wie oft hat er mir in den vergangenen drei Monaten versichert: »Du schaffst das. Wenn einer das schafft, dann du!« Er mochte es nicht glauben, dass ich gescheitert war.

»Einige haben schon mit drei Jahren angefangen, auf dem Hochseil zu trainieren. Die kommen aus Zirkusfamilien. Ganz andere Voraussetzungen als bei mir«, berichte ich.

Kofi redet sich richtig in Rage gegen die Ungerechtigkeit der Juroren. »Moment mal – du trainierst auch seit Jahren. Du bist richtig gut! Das sind doch alles Luschen da an der Schule. Die haben keine Ahnung!« Damit will er mich aufbauen. Schon klar. Wo ist eigentlich Mama? Da hat sie Kofi auch schon den Hörer aus der Hand genommen.

»Hallo, mein Schatz. Ich hab alles mitgehört. Mach dir nichts draus. Ich bin dein größter Fan.«

»Das ist wirklich toll, Mama. Danke.« Ich hüstele, als hätte ich einen Frosch im Hals. Jetzt ist Kofi wieder dran: »Lass dich nicht fertigmachen, Biko. Du versuchst es einfach nächstes Jahr noch einmal!« Er wird mich weiterhin zum Capoeira-Training fahren. Wird weiterhin dafür sorgen, dass ich trotz des vielen Trainings die Schule schaffe. Wird sich weiterhin geduldig jeden Salto und jeden Überschlag ansehen, bis er sitzt. Jeden Patzer mit dem Spruch »Das passiert selbst den Besten« quittieren und darauf bestehen, dass ich weitermache. Auf Kofi kann ich mich hundert Prozent verlassen.

»Nein, Kofi«, sage ich bestimmt. »Jetzt ist Schluss. Ein Versuch ist genug. Nächstes Jahr findet die Aufnahmeprüfung an der Artistenschule in Berlin ohne mich statt.«

»Wie, was? Du wolltest doch dein Leben lang Artist werden. Seit du zum ersten Mal im Zirkus warst!«

»Stimmt!«, antworte ich knapp.

Kofi redet sich immer mehr in Rage. »Du hast dir mit neun selbst das Jonglieren beigebracht. Du stehst jeden Tag um sechs Uhr auf, um Krafttraining zu machen. Da kannst du doch jetzt nicht einfach aufgeben, du Weichei!«

Jetzt Mama wieder: »Biko – ich glaub an dich! Ich glaub ganz fest an dich.«

»Das ist echt lieb von dir, Mama«, sage ich. »Aber der Grund, warum die Aufnahmeprüfung nächstes Jahr ohne mich stattfindet, ist ... Weil ich sie gerade bestanden habe!«

So glücklich ich über die bestandene Prüfung bin – schon jetzt ist mir klar, dass die nächsten drei Jahre kein Zuckerschlecken werden. Auf der Bahnfahrt zurück nach Hause muss ich verdammt laut Musik durch die Kopfhörer in mein Hirn hämmern, um die Eindrücke des Tages zu verarbeiten.

Als ich heute Morgen zur Aufnahmeprüfung angetreten bin,

lief alles ganz anders, als ich mir das vorgestellt hatte. Seit zehn Jahren mache ich Capoeira. In Deutschland kennt man das kaum. Der aus Südamerika stammende Kampfsport erinnert an einen Hahnenkampf. Dabei könnte man Capoeira auch als Tanz sehen. Aber Capoeira ist viel mehr: Es ist eine Lebenseinstellung. Es geht dabei um Respekt. Vor dem Leben und vor dem Gegner. Aber das Wichtigste ist, dass man sich selbst respektiert. Capoeira wurde zuerst von afrikanischen Sklaven praktiziert, die man als Arbeitskräfte nach Südamerika verschleppt hatte. Capoeira ist ein Freiheitskampf. Die Sklaven setzten es gegen ihre Herren und gegen die Sklavenhändler ein.

Da Capoeira extrem akrobatisch ist, hatte ich mir überlegt, damit meine Aufnahmeprüfung zu machen. Ich betrete also pünktlich um zehn Uhr die Halle der Artistenschule. Die Halle ist so groß wie ein Fußballfeld. Am Boden etwa dreißig riesige Matten. Von der Decke hängen zahllose Tücher, Seile, Trapeze. So viele, dass ich mich plötzlich ganz schön klein fühle. An der Seite ist eine endlose Reihe aus Tischen aufgebaut, dahinter sitzen die Lehrer, der Schulleiter und die Ärzte der Schule. Keiner von denen guckt hoch, keiner sagt etwas. »Hallo«, sage ich, plötzlich eingeschüchtert. Als ich keine Reaktion bekomme, fahre ich fort: »Ich bin Biko. Ich komme aus Breckerfeld im Sauerland.« Die Prüfer würdigen mich keines Blickes. Normalerweise kommen an dieser Stelle immer fragende Blicke oder ein überraschtes Grinsen. Denn mit meiner dunklen Hautfarbe und den Dreads sehe ich natürlich nicht nach waschechtem Sauerländer aus. Ich ergänze unsicher: »Mein Vater stammt aus Ghana. Und ich ...« Eigentlich will ich sagen: »Ich fänd es schön, wenn Sie mir zusehen«, aber dafür fehlt mir nun der Mut. Ich stelle mich also in

Grundstellung auf. Eigentlich bräuchte ich einen Gegner, der gegen mich kämpft. Mir fehlt auch die Roda – der Kreis von Menschen, der die Kämpfenden vor fremden Blicken schützt und mit ihrem Gesang anfeuert. Ich hatte mir vorgenommen, mir während der Aufnahmeprüfung die Roda und meinen Gegner einfach vorzustellen. In meiner Fantasie.

Ich schleiche also auf der blauen Matte um meinen eingebildeten Gegner herum. Dabei komme ich mir schon nach drei Sekunden reichlich lächerlich vor, so ohne Gegner, ohne das Anfeuern der Roda. Hinzu kommt: Im Capoeira stellt man sich zunächst schwächer dar, als man ist. Das ist Teil der Kriegslist der Sklaven. Ich krieche also wie ein Wurm über den Boden. Die Juroren müssen mich für einen Irren halten, denke ich, während ich tief am Boden den Grundschritt mache. Aber Capoeira lehrt auch, sich selbst zu respektieren. Also rufe ich mich zur Ordnung. Du wolltest zeigen, was du draufhast, also tu es!, sage ich streng zu mir selbst. Ich konzentriere mich. Dann fange ich an zu singen. Das ist sonst die Aufgabe der Roda. »Sim, sim, – não, não«, singe ich auf Portugiesisch. Ja, ja – nein, nein. Ich fühle mit meinem ganzen Inneren, was der Gesang bedeutet: An manchen Tagen gibt dir das Leben alles, an anderen nimmt es dir alles. Die Töne, die aus mir hervorbrechen, klingen sehr tief. Ich habe so noch nie gesungen. Ich stelle mir vor, dass dies ein Tag ist, der mir alles, was ich liebe, nehmen will, der mich zur Flucht zwingt. Meine Hütte brennt, meine Familie wird verschleppt, der Sklavenhalter will mich in Ketten legen. Ich schlage ein Rad, ohne dass meine Hände den Boden berühren, um zu entkommen. Es geht darum, mein nacktes Leben zu retten. Der Sklaventreiber holt zum Schlag mit der Peitsche aus. Ich schraube mich mit einem Mortal – einem Salto – außer Reichweite und lande in einem lauernden Grundschritt. Dann springe ich in einen Pião de Mão, einen einhändigen Handstand. Das Capoeira hat Besitz von mir ergriffen. Ich bin Capoeira. Alle Sinne sind jetzt wach. Als ich nach weiteren Sprüngen wieder im Grundschritt bin, stelle ich fest, dass sich ein Kreis um mich gebildet hat. Eine Roda aus Schülern der Artistenschule. Interessiert sehen sie mir zu. Dann ist meine Prüfung beendet. Von den Mienen der Juroren ist nicht abzulesen, ob ihnen meine Darbietung gefallen hat. Das ist mir in diesem Moment auch herzlich egal. Mir ist alles gelungen, was ich gezeigt habe. Sogar die Armada, ein Tritt, der mit einer 360-Grad-Drehung verbunden ist. Den Schülern hat es gefallen. »Hoffentlich nehmen sie dich!«, sagt einer von ihnen zu mir und hält den Daumen hoch.

Nach der Darbietung soll ich noch einen Eignungstest durchlaufen. Ganz ehrlich – das Ganze ist eine einzige Fleischbeschau. Die fassen dich an, befühlen deine Muskeln. Dabei sieht dir keiner in die Augen. Einzig dein Körper ist interessant für die Lehrer. »Nicht so ganz dolle. Aber ausbaufähig«, sagt der Arzt über meinen Bizeps zum Schulleiter. Du wirst vermessen, gewogen, es folgen Bauchaufzüge, dann Gleichgewichtsübungen. Schließlich soll ich Klimmzüge machen. Das ist kein Problem für mich. Ich schaffe mühelos zwölf. Aber beim Spagat hapert es. Ich komme natürlich nicht nach allen drei Seiten bis runter auf den Boden. Dann soll ich mich ausziehen. »Ganz?«, frage ich den Arzt geschockt. »Jawoll. Und bitte zackig! Du bist heute nicht der einzige Bewerber«, ist die Antwort, als ich mir meine Unterhose nicht gleich in Rekordzeit vom Leib reiße. Wo bin ich hier nur gelandet? Beim Militär? Oder auf dem Viehmarkt? Wollen die mir vielleicht gleich auch noch ins Maul sehen? Ich fühle mich ausgeliefert wie auf dem Sklavenmarkt, als ich schließlich nackt auf der Liege ausgestreckt bin. Kein angenehmes Gefühl. Gar nicht. Der Arzt beugt sich über mich und drückt mein Bein nach oben und dann nach außen. Tut höllisch weh. Ich unterdrücke einen Schmerzensschrei. Aber selbst wenn ich wie ein Dreijähriger geplärrt hätte – den Arzt hätte es nicht interessiert. Warum tue ich mir das an?, frage ich mich, während der Schmerz durch meinen Körper schießt. Und im gleichen Augenblick durchzuckt mich mit voller Wucht die Antwort: Ich mache das, weil ich in diese Schule will! Weil ich verdammt noch mal Artist werden will! Und weil der Weg dahin genau hier anfängt!

Und das hat am Ende dann ja auch geklappt, der volle Wahnsinn. Sechs Wochen später nehme ich Abschied von meiner Familie. Und wie sich schnell herausstellen wird, auch von meiner Kindheit.

ANGEKOMMEN

»Bye-bye, Breckerfeld«, murmele ich, als der Bus die Königsheide hochfährt. Normalerweise hätte mich mein Vater mit dem Auto nach Berlin gebracht. Aber der ist auf einer Beerdigung in Ghana. Und das kann erfahrungsgemäß dauern. Mindestens vier Wochen. Ihm tut es auch leid, dass er mich nicht begleiten kann. Aber Tradition ist Tradition. Während ich mein Heimatdorf verlasse, ist er in seines gereist, um dem Patriarchen der Familie die letzte Ehre zu erweisen. Tagtäglich wird Großonkel Joshua aus dem Kühlhaus geholt und in festlichen Kleidern auf seinen Thron gesetzt. Von den vier Wochen sind gerade mal zwei Wochen um. Als ich per Videochat berichtet hatte, was ich alles mit ins Internat nehmen möchte, schlug er mir vor: »Nimm meinen alten Koffer vom Dachboden. Da passt alles rein!« Er machte eine Pause und lächelte. »Und mir hat er auch Glück gebracht, als ich von zu Hause wegging.« Mit »Glück« meint er meine Mutter, meinen Bruder und mich. Im Hintergrund hörte ich, wie gesungen und getanzt wurde. »Wir sehen uns dann bei der Zwischenprüfung im Dezember«, rief ich noch gegen den Lärm an. Dann brach das Gespräch ab.

In Berlin angekommen, muss ich mir leider eingestehen, dass ich nicht schlau genug für den Hauptstadtbahnhof bin. Schon zum dritten Mal fahre ich mit dem Aufzug vom Tiefbahnhof hoch und weiß noch immer nicht, mit welcher U-Bahn ich zur Artistenschule kommen soll. Alle Leute, die ich frage, sind selbst fremd in Berlin. Überhaupt ist an diesem Tag auf dem Haupt-bahnhof die Hölle los. Seit die Bundeskanzlerin vor wenigen Tagen gesagt hat: »Wir schaffen das!«, steht die Welt Kopf. Bis Ende des Jahres werden mehr als eine Million Menschen aus Krisengebieten erwartet. »Flüchtlingslawine rollt an!«, titelt eine Zeitung reißerisch. Als seien die Menschen, die da kommen, eine Walze, die hier alles plattmacht. Im Bahnhof herrscht jetzt schon Ausnahmezustand. Als ich zum dritten Mal im Erdgeschoss aus dem Aufzug stolpere, gerate ich in einen Menschenstrom aus Flüchtlingen. Selten habe ich so viele müde Gesichter auf einmal gesehen. Die meisten haben nur eine Plastiktüte dabei. Die Kin-der tragen alle Teddybären mit sich rum. Ein Ordner versucht, den Strom in Richtung Tiefbahnhof zu dirigieren. Ich bin einge-klemmt zwischen den vielen erschöpften Menschen. Mit meinem zerbeulten Koffer, mit dem mein Vater vor 25 Jahren mit all seinen Besitztümern aus Ghana nach Deutschland eingereist ist, bin ich einfach zu sperrig. Schließlich hebe ich den Koffer auf meinen Kopf und balanciere ihn, wie die Frauen in der Heimat meines Vaters ihre Wasserkrüge, aus der Menge heraus.

Ich schaffe es bis vor einen Umgebungsplan des Bahnhofs. Ratlos versuche ich mich zu orientieren. Da tippt mir von hinten jemand auf die Schulter. Ich drehe mich um und kann gerade noch den rutschenden Koffer auffangen. Vor mir steht ein Mäd-chen mit rotblonden Haaren: »Willkommen in Deutschland«, sagt sie und hält mir eine riesige Sonnenblume hin. »Welcome to Germany. Where are you from?« Ich stehe da wie angewurzelt. »My name is Lizzy, what is your name?«, fragt das Mädchen mit einem breiten Lächeln. »I am Biko«, antworte ich automatisch ebenfalls auf Englisch. Sie muss etwa 17 sein. So alt wie ich. »The others are waiting at the bus«, sagt das Mädchen freundlich. Moment mal ... wer wartet am Bus? Auf mich wartet bestimmt niemand! Hier liegt ein Missverständnis vor. Nur welches? Wegen meiner Hautfarbe kommt es immer mal wieder zu den merkwürdigsten Situationen. Manche Menschen denken, ich kann nicht richtig Deutsch sprechen. Die quatschen mit mir, als wäre ich behindert. Manchmal schocke ich die dann und antworte in perfektem Deutsch, betont höflich und langsam, als hätten die ein Sprachproblem und nicht ich. Aber jetzt bin ich so durcheinander, dass ich stumm bleibe. Dieses Mädchen bringt mich völlig aus dem Konzept, obwohl sie mir gerade mal bis zur Schulter reicht. Ich starre sie mit offenem Mund an. Flipflops, superkurze, ausgefranste Jeans, ein grellpinkes T-Shirt, auf dem ein Sumoringer kampfbereit vor einem Mikro hockt. Sie trägt ein Nasenpiercing und hat grüne Augen. Wie eine Mischung aus Elfe und Kobold. Ihre roten Haare hat sie, genau wie ich, zu Dreadlocks verfilzen lassen. Sie trägt die Haare in einem Pferdeschwanz hochgebunden. Meine Dreads sind natürlich kurz, sonst wären sie mir beim Training im Weg. Ich will etwas sagen, bringe aber nur ein »Öhhhhh« zustande. Ich könnte mir in den Hintern beißen. Zum Glück klingelt gerade ihr Handy. »Dschunke, ich komme gleich! Ja, ja, ja, ja. Immer sachte mit den jungen Pferden. In fünf Minuten bin ich bei euch«, flötet sie. Um dann aufgeregt zu vermelden: »Ja, ich hab noch einen UmF gefunden. Im Erdgeschoss. Der gehört bestimmt auch noch zu der Truppe.«

Ich soll ein UmF sein? Was, bitteschön, ist ein UmF?

»Er wirkt auf mich total verwirrt!«, sagt Lizzy ins Telefon.

Wie wahr! denke ich. Wie wahr!

»Er ist mit dem Fahrstuhl orientierungslos hoch und runter

gefahren«, fährt sie fort. »Keine Ahnung, woher er kommt. Ja, er ist allein. Bisher hat er mir noch keine großen Auskünfte gegeben. So richtig angekommen in Berlin ist der noch nicht. Ich bring ihn gleich mal zu euch auf den Parkplatz!« Sie steckt ihr Handy in die Hosentasche und packt mich am Arm. »Du kommst jetzt mit mir!«, sagt sie entschlossen. »Ich bringe dich zum Bus! Der fährt dich direkt zur Erstaufnahmestelle in Zehlendorf.«

Jetzt endlich wird mir klar, dass sie mich für einen Flüchtling hält. Was soll ich jetzt machen? Wenn ich sage, dass ich aus Breckerfeld komme, ist Lizzy ganz schnell wieder verschwunden. Und obendrein ist sie wahrscheinlich noch sauer auf mich. Nervös presse ich Papas Koffer an mich. Wenn ich nichts sage, ist es bestimmt hinterher auch falsch. Aber lieber einen fetten Fehler machen, als dass sich diese Koboldelfe mit der kreisrunden Nickelbrille wieder in Luft auflöst. Da hat sie auch schon meine freie Hand ergriffen und zieht mich in Richtung Ausgang. Sie riecht nach Orangen und nach Sommer und ihre Sternenohrringe klimpern beim Gehen.

Draußen auf dem Parkplatz stehen sechs junge Afrikaner vor einem abgerockten, hellblauen VW-Bus, auf dem »Refugees welcome« steht. Die anderen Jungs haben ebenfalls eine Sonnenblume in der Hand. Gut gelaunt ruft Lizzy ihnen zu: »Hallo, guys! Ich hab noch einen von euch gefunden.« Die Jungs starren Lizzy an, als wäre sie ein außerirdisches Wesen. »Die UmFs verstehen dich erst nach ihrem Integrationskurs, Lieselotte!«, sagt ein gemütlich wirkender Mann. Oben Glatze, den langen Bart zu einem Zopf gebunden, darunter ein mächtiger Bauch, den ein gebatiktes T-Shirt in Szene setzt. Das muss Dschunke sein. Jetzt dämmert mir so langsam, was ein UmF ist. Ein unbegleiteter minderjähriger Flüchtling. Vom Aussehen her passe ich tatsächlich ganz gut zu den anderen. Kein Wunder, dass Lizzy dachte, ich gehöre dazu.

Sie lächelt mich an. Will, dass ich mich gut fühle. Das gelingt ihr aus dem Stand. Ich fühle mich so wohl wie nie. Willkommenskultur ist 'ne verdammt feine Sache. Auch für uns Deutsche. Wir sollten uns vielleicht auch gegenseitig mal mehr willkommen heißen, nicht nur die Flüchtlinge. Ich beschließe, in Zukunft netter zu meinen Mitmenschen zu sein. Zu allen.

»Na, Lieselotte, wie heißt denn dein Knabe? Und wo kommt er her?«, fragt Dschunke, der inzwischen ein Klemmbrett mit einer Liste in den Händen hält. Offenbar nimmt er die Namen auf.

»Ich glaube, er heißt Biko. Das habe ich zumindest verstanden. Aber frag lieber noch mal nach. Woher er kommt, weiß ich nicht. Er hat praktisch noch gar nichts gesagt.« Als sie zu mir rübersieht, starre ich wie ein Ochse auf den Boden. In was für eine Situation habe ich mich da bloß reinmanövriert? »Ich glaube, er ist völlig fertig«, sagt Lizzy mit einem mitfühlenden Blick auf mich.

Sie hält meine Hand, an der sie mich hinter sich hergezogen hat, immer noch fest. Oder bin ich es, der nicht loslassen will? Jetzt macht sie sich behutsam frei und sagt total lieb zu mir: »Du musst keine Angst mehr haben. Jetzt bist du in Sicherheit.« Zu dem Mann mit dem Klemmbrett sagt sie: »Ciao, Dschunke, ich muss jetzt zur Schule. Aber Samstag hab ich Zeit. Wenn ihr mich braucht.«

»Natürlich brauchen wir dich!«, antwortet Dschunke gestresst. »Du siehst ja, was hier los ist. Vater Staat verlässt sich anscheinend einzig und allein auf Dschunke und die anderen Ehrenamtlichen, wenn es um Flüchtlinge geht. Oder kannst du hier etwa jemanden von den Behörden entdecken? Wir können jeden brauchen, der mitmacht! Kannst du vielleicht auch schon am Freitag? Da sind wir total unterbesetzt.«

»Freitag geht leider nicht«, sagt Lizzy, »da hab ich 'n Battle.« Sie fischt einen Flyer aus ihrem Rucksack. »Vielleicht kannst du ja bei den anderen Helfern ein bisschen Werbung für uns machen.«

»Du stehst auf der Bühne, Lieselotte? Das glaub ich erst wenn, ich es sehe!«

»Doch, doch, Dschunke. Ich bin am Freitag dabei. Die Einnahmen sollen ja am Ende für die Flüchtlinge gespendet werden.«

Battle? Bühne? Ich habe keinen blassen Schimmer, was hier abgeht.

Dschunke nimmt den Flyer entgegen und klemmt ihn über die Namensliste. »Ciao zusammen«, ruft Lizzy, während sie ihre sommerbesprossten Beine auf ihr hellgrünes Hollandrad schwingt. Um den Fahrradkorb ist eine Girlande aus weißen Kunstblümchen gewunden. Sie winkt uns zum Abschied zu und alle winken mit ihren Sonnenblumen zurück.

Als Lizzy weg ist, hält Dschunke mir das Klemmbrett hin und versucht mir klarzumachen, in welche Zeile ich meinen Namen und meine Nationalität schreiben soll. Ich greife nach dem Kugelschreiber und schreibe in die vorgesehene Zeile: Biko.

Dschunke versucht meine krakelige Schrift zu entziffern.

»Biko?«, fragt er mich. Ich nicke. »Wirklich: Biko?« Ich nicke wieder. »Wie Steve Biko?«, fragt Dschunke. Er kennt also den südafrikanischen Freiheitskämpfer, nach dem ich benannt worden bin.

Mein Vater meint immer, von Biko solle man leben lernen.

Dabei haben sie Steve Biko im Gefängnis totgeprügelt, weil er sich für die Rechte von Schwarzen einsetzte. Mein Vater hat zuweilen seltsame Ansichten.

»Hier musst du noch deinen Nachnamen eintragen«, sagt Dschunke und tippt auf das entsprechende Feld.

Beim Nachnamen zögere ich. Die anderen UmFs steigen inzwischen schon in den Bus. Wenn ich jetzt hier nicht ganz schnell den Abflug mache, dann registrieren die mich noch als Flüchtling. Und welche Nationalität sollte ich überhaupt angeben? Breckerfeld liegt im Sauerland. Das ist am Arsch der Welt. Das ist zwar an manchen Tagen wirklich schlimm, aber noch lange kein anerkannter Asylgrund.

Lizzy ist weg. Also, was soll ich dann noch hier? Ich angele mir kurzentschlossen den Flyer aus dem Klemmbrett und dann bin ich auch schon weg. Dschunke läuft mir hinterher. »Warte doch!«, ruft er. »Wir wollen dir doch nur helfen!« Aber er kann mich nicht einholen und ich bin dem Schicksal, als Asylbewerber in Deutschland zu enden, gerade noch entkommen.

GOTTFRIED

Irgendwann habe ich es tatsächlich geschafft, aus dem Berliner Fahrplan schlau zu werden und die richtige U-Bahn zu erwischen. Jetzt stehe ich verschwitzt, verwirrt und mit einer wie gerupft aussehenden Sonnenblume vor der Tür des Internats. Als ich das Gebäude betrete, huschen mit mir drei etwa zwölfjährige Ballettmädchen durch die Tür. Die Ballettschule und die staatliche Artistenschule sind im gleichen Trakt untergebracht. Restlos jeder, der sich durch die Empfangshalle bewegt, hat einen extrem aufrechten, bewussten Gang. Man ist regelrecht gezwungen, den Leuten beim Gehen zuzusehen. Als sei es ein Ereignis.

Als ich das Sekretariat betrete, steht die Schulsekretärin mit einer Zeitung in der Hand da, starrt aufs Titelblatt und eine Träne läuft ihr über die Wange. Als sie mich sieht, legt sie schnell die Zeitung auf den Tresen und wischt sich verstohlen die Träne ab. »Honigmann« steht auf einem Schildchen an ihrer Strickjacke.

»Willkommen, Biko!«, begrüßt sie mich mit einem freundlichen Lächeln. »Ich habe viel von deiner Aufnahmeprüfung gehört. Das war hier tagelang Schulgespräch.« Sie schaut in einer Liste nach, in welches Zimmer ich einziehen soll. »Vierter Stock, Raum 412«, sagt sie. Ich nicke. Mein Blick fällt auf die Titelseite der Zeitung, die sie so hastig aus der Hand gelegt hat.

Da ist ein Foto von einem Strand. Ein totes Kind liegt da. Rotes T-Shirt, blaue Hose. Ertrunken auf der Flucht übers Mittelmeer. »Die fortgespülte Menschlichkeit«, steht unter dem

Foto. Ich habe einen Kloß im Hals, als Frau Honigmann mir den Schlüssel gibt, den sie im Nebenzimmer geholt hat. Sie erfasst, dass ich genauso geschockt von dem Bild in der Zeitung bin wie sie. »Ist das nicht schrecklich?«, fragt sie leise und händigt mir den Schlüssel für mein Zimmer aus. »Wir können nicht so tun, als ob uns das hier«, sie tippt auf das Foto, »nichts angeht.« Sie drückt mir noch meinen Stundenplan in die Hand und dann wendet sie sich auch schon dem Nächsten zu.

Auf dem Weg nach oben vertiefe ich mich in den Plan. Jeden Tag werde ich zwei Einheiten Artistentraining in der großen Halle, in der die Aufnahmeprüfung stattfand, haben. Insgesamt vier Stunden. Dazwischen zwei Unterrichtseinheiten von insgesamt sechs Stunden. Zum Artistentraining kommt jeden Tag noch freies Training in der Halle dazu. Hausaufgaben und Lernen gilt es ebenfalls unterzubringen. Und nicht zu vergessen die Proben für die Semesterarbeit im Dezember, von der abhängt, ob wir an der Schule bleiben dürfen. Die 24 Stunden, die ein Tag hat, werden sicher oft zu kurz sein, um alles zu schaffen. Das Geniale daran, dass ich hier aufgenommen wurde, ist, dass ich keine Zeit durch lange Anfahrtswege verliere. Alles ist vor Ort. Ich kann kaum erwarten, dass das Training endlich losgeht, und bin gespannt auf meine Klasse.

Als ich mein Zimmer in der WG der Artistenschule betrete, steht mein Mitbewohner gerade regungslos auf dem Kopf. Ohne seine Hände zu benutzen. Die Arme verschränkt er ganz entspannt hinter seinem Rücken. Der Typ ist bestimmt über zwei Meter lang. Ein Kerl wie ein Mast. Was im Übrigen auch sein Spezialgerät ist, wie sich herausstellen wird: chinesischer Mast. Kein einziges Haar hat er auf dem Kopf, auch keine Augenbrauen. Und kein Gramm Fett am Körper.

»Hallo, ich bin Biko«, sage ich.

»Gottfried«, sagt er mit sanfter Stimme und bleibt weiter auf dem Kopf stehen. Kein Mann der großen Worte.

Ich richte mich in dem Zimmer ein. Stopfe meine Klamotten in den Schrank, lege mir schon mal die Sportkleidung für den nächsten Tag hin. Dann ziehe ich Lizzys Flyer aus der Tasche. Ich falte das Papier auseinander und glätte es, so gut es geht. Lege es auf mein Nachttischchen und platziere die Sonnenblume, die schon reichlich mitgenommen wirkt, in einem Wasserglas davor. Fertig ist der Lizzy-Altar. Ich lege mich auf mein Bett und schließe die Augen. Sofort ist Lizzy da. Sogar ihr Orangenduft scheint durch den Raum zu wehen. Die oder keine!, schießt mir durch den Kopf. Am Freitag kann ich sie wiedersehen. Bei diesem Battle. Dann muss ich das Missverständnis aufklären. Ich hoffe, sie verzeiht mir.

Gottfried hat seinen Kopfstand inzwischen beendet. Auch er liegt mit einem zufriedenen Gesichtsausdruck auf seinem Bett. Dann sagt er mit seiner weichen Stimme: »Ich hab Hunger! Ich hole mal ein paar Döner.« Unvermittelt steht er auf, geht zum Fenster, reißt es auf, klettert raus und ist verschwunden. Unser Zimmer befindet sich im vierten Stock. Erschrocken springe ich zum Fenster. Ich beobachte, wie er mit einer Sicherheit, als hätte er Saugnäpfe an den Händen, die Hauswand runterklettert. Ja, so kann man natürlich auch zur Dönerbude gehen.

Die Tür geht auf und ein verschwitztes Mädchen in Leggings, die eigentlich nur noch aus Laufmaschen bestehen, und einem Gymnastikanzug, der auch schon bessere Tage hatte, steht im

Zimmer. »Wo ist Gottfried?«, fragt sie atemlos und ohne Begrüßung. Ich deute hinaus. »Döner holen.«

»Der sollte doch warten!«, schimpft sie, rennt zum Fenster und brüllt mit einer Kommandostimme, die man der zierlichen Person nun wirklich nicht zugetraut hätte: »Dreimal Falafel mit Hummus und Salat, zweimal Pommes« – sie dreht sich zu mir um: »Und was willst du?« »Eine Pizza Hawaii?«, sage ich vorsichtig. Darauf hätte ich jetzt wirklich Lust. »Und eine Pizza Hawaii!«, brüllt sie Gottfried hinterher.

Dass Gottfried bei dem Feldwebelton nicht vor Schreck abstürzt, beweist, was für ein überragender Artist er ist. Er guckt hoch, nickt, dann ist er unten.

»Mein Bruder nutzt jede freie Minute für sein Training«, erklärt mir das Mädchen. »Daran musst du dich gewöhnen.« Sie reicht mir ihre vom Magnesium noch weiße Hand. »Ich bin übrigens Jule! Und du musst Biko sein. Die anderen kommen auch gleich aus der Halle. Die trainieren noch. Wir essen dann gemeinsam.«

Hatte ich das erste Training verpasst?

»Keine Sorge«, sagt Jule und lacht herzlich über meinen betroffenen Gesichtsausdruck, »die Schule geht erst morgen wieder los. Aber, hey – warum sind wir hier? Wir haben schon mal ein bisschen Krafttraining gemacht. Die Halle ist jeden Tag offen. Super, oder? Jetzt haben wir uns aber was zu Futtern verdient!« Jule hat alles voll im Griff.

Bevor sie geht, um vor dem Essen schnell zu duschen, sagt sie: »Ach, und was ich dich noch bitten wollte: Sprich Gottfried nicht auf seine Haare an. Die sind ihm schon als Kind ausgefallen. Am besten, du nimmst ihn einfach, wie er ist.«

»Ist klar!«, sage ich.

Sie schenkt mir ein Lächeln. Und weg ist sie.

Die meisten anderen in meinem Semester sind schon seit der 5. Klasse an der Schule. Ich bin dieses Jahr der einzige Quereinsteiger. Dass in Gottfrieds Zimmer ein Platz frei ist, liegt daran, dass zum Ende des letzten Semesters dreizehn Leute die Schule verlassen haben. Die meisten davon freiwillig. Warum so viele das Weite gesucht haben, wird mir am nächsten Tag klar, als alle nach dem ersten Unterrichtsblock in Hektik verfallen, um fünfzehn Minuten später pünktlich in der großen Halle zu stehen. Ich war nicht so schlau gewesen, mich morgens schon zum Schulunterricht in meine Sportkleidung zu werfen, und komme fünf Minuten zu spät in die Halle. Der Trainer, Herr Adler, ein kräftiger Mann mit Halbglatze und festem Blick, steht mit der Stoppuhr in der Hand da und bellt mich an: »Fünf Minuten zu spät – das macht fünfzig Liegestütze. Pro Minute zehn!« Wo sind wir hier? In einem Boot Camp? Ich schaffe genau fünfunddreißig Liegestütze, dann geht gar nichts mehr. Wie ein gestrandeter Wal liege ich da, Pudding in den Armen.

»Ich nehme Ratenzahlung. Allerdings mit Zinsen! Morgen machst du weitere fünfunddreißig, dann bist du schuldenfrei«, sagt Herr Adler ohne jeglichen Humor.

»Daran gewöhnst du dich!«, versichert Jule in der Pause nach dem Vormittagstraining, als ich mich darüber beklage, wie ungerecht ich die Sache mit den Liegestützen finde. »Versuch, in den Lehrern nicht deine Gegner, sondern deine Freunde zu sehen.«

»Freunde? Ich glaub, ich kotz gleich!«, schimpfe ich. »Auf solche Freunde kann ich verzichten!«

»Kannst du nicht!«, widerspricht mir Jule. »Jedenfalls nicht, wenn du wirklich Artist werden willst.«

»Die müssen dich hart anfassen, sonst lernst du nichts«, fügt Kosta hinzu und schlägt mir aufmunternd auf die Schulter.

»Ohne Selbstdisziplin schaffst du den Abschluss nicht«, mischt sich Zichte ein. »Komm einfach nicht zu spät. Nicht einmal, wenn die Welt untergeht. An dieser Schule gelten keine Ausreden.« Ich muss schlucken, als ich das höre. Zichte streckt mir seinen Unterarm hin. »No excuses. Never«, hat er sich da eintätowiert. Keine Ausreden. Zu keiner Zeit. Wahrscheinlich ist das die wichtigste Lektion, die ich an diesem Tag lerne.

Zichte lacht, als er mein betretenes Gesicht sieht. »Uns ging es am Anfang genauso wie dir. Das wird schon!«, sagt er aufmunternd. Aber so richtig überzeugt mich das noch nicht.

Als Herr Adler mich beim Nachmittagstraining mit seinem vollen Gewicht runterdrückt, damit ich den Querspagat meistere, schießen mir Tränen in die Augen. Inzwischen habe ich jedoch beschlossen, mich zusammenzureißen. Ich wische mir die Tränen ab und mache einfach weiter.

Jeder aus meiner Klasse hat ein Spezialgebiet. Gottfried hat sich auf den chinesischen Mast spezialisiert. Ich beobachte, wie er immer und immer wieder versucht, einen einarmigen Handstand auf dem Mast hinzukriegen. An diesem Tag gelingt es ihm jedoch nicht. Immer wieder stürzt er ab. Aber er gibt nicht auf.

»Wie schaffst du das, dranzubleiben?«, frage ich ihn, als ich abends völlig zerschlagen und müde im Bett liege. Lange sagt Gottfried nichts. Ich glaube schon, er ist längst eingeschlafen. Als ich selbst fast weg bin, höre ich, wie er leise sagt: »Einmal mehr aufstehen, als man runterfällt! Das ist die ganze Kunst.«

MONSIEUR VITE

Am nächsten Morgen warten alle gespannt auf den Unterricht von Monsieur Vite, der mit uns Szenen für die Semesterarbeit im Dezember einstudieren soll. Er ist ein zierlicher, kleiner, zurückhaltender Mann. Ich war ihm in der Mensa flüchtig begegnet. Auf mich wirkte er völlig unscheinbar. Als Jule mir erzählt, dass er früher zusammen mit seinem Bruder Vitello als Clownsduo weltweit rauschende Erfolge feierte, kann ich das kaum glauben. »Nach dem Tod seines Bruders vor zehn Jahren hat er sich aus der Manege zurückgezogen. Seit ein paar Jahren verwaltet er jetzt hier bei uns den Fundus. Einer der Lehrer, der ihn noch aus seiner großen Zeit kannte, hat dafür gesorgt, dass er auf diese Weise ein Auskommen hat. Einmal im Jahr unterrichtet er einen Clownskurs«, fährt Jule fort. Dieses Jahr ist unsere Klasse dran.

Aber wo bleibt er? »Fünf Minuten zu spät – das macht fünfzig Liegestütze. Pro Minute zehn!«, sagt Zichte mit einem schiefen Grinsen.

Wir hocken im Bühnenbild der Abschlussklasse und überlegen, was wir tun sollen. Zwischen ausgestopften Raben, überdimensionierten Fledermäusen und lebensgroßen, als Vampire verkleideten Schaufensterpuppen mit bodenlangen Capes und Zylindern. Das Programm, mit dem das Abschlusssemester nach bestandener Artistenprüfung später durch Deutschland touren will, heißt »Drakulamania«.

»Vielleicht hat er den Tag verwechselt. Ich frag mal im Sekretariat nach, wo er stecken könnte!«, sagt die praktische Jule und zieht ab. Sie kommt aber recht schnell wieder: »Angeblich ist er schon hier.«

»Ist er aber nicht«, meint Tobi und zuckt mit den Achseln. »Sollen wir noch mal in seiner Werkstatt im Fundus nachsehen?«

Wir beschließen, einfach zu warten. Wir machen es uns auf den Särgen bequem und kommen ins Quatschen. Bequem heißt: Gottfried übt einarmigen Handstand, die anderen gehen in den Spagat oder machen Dehnübungen.

Ich springe auf meine Hände, und während ich im Handstandgang eine Runde über die Bühne laufe und wieder zurück, erzähle ich Kosta von der Begegnung mit Lizzy. »Und – wirst du sie wiedersehen?«, fragt er.

»Na klar! Die Frau ist ein Siebener im Lotto«, schwärme ich. »Nur doof, dass sie mich für einen Flüchtling hält. Das muss ich Freitag irgendwie wieder geradebiegen.«

Die Situation mit den vielen Flüchtlingen ist auch in der Artistenschule ein Thema. Normalerweise kriegt man hier wohl nicht besonders viel mit von dem, was draußen passiert. Politik ist den meisten hier normalerweise wohl nicht so wichtig. Wichtiger ist, dass der Act sitzt. Aber dass da draußen gerade etwas geschieht, das auch uns angeht – das merken alle.

Plötzlich ist eine alte Stimme mit einem starken, fremden Akzent zu hören: »Haben die verehrten Herrschaften in diesem Teatro vielleicht etwas übersehen?« Monsieur Vite! Er muss hier irgendwo stecken. Wir sehen uns um. Zichtes Blick fällt auf einen der Vampire, die Spalier neben den Särgen stehen, auf denen wir gesessen haben. »Genial!«, sagt er. »Wie echt dieser Vampir aussieht!« – da blinzelt der Vampir ihm auf einmal mit dem rechten Auge zu. Zichte springt vor Schreck mindestens einen Meter in die Höhe.

Monsieur Vite ist nicht wiederzuerkennen. Und das liegt nicht an dem Cape und dem Zylinder. Der Mensch, der da vor uns steht, nimmt den Raum ganz für sich ein, ohne dafür etwas Besonderes zu machen. Wir starren ihn an und ich begreife, dass es Persönlichkeiten gibt, die leuchten, sobald sie auf einer Bühne stehen.

Monsieur Vite hat die Zeit, in der wir gewartet haben, gut genutzt. Er hat uns aufmerksam zugehört. »Auf Bahnhöfen passieren eine Menge interessanter Geschichten«, sagt er. Dabei zwinkert er mir zu. Ich werde rot. »Und haben die Damen und Herren schon eine Idee für ihre Semesterarbeit?« Alle schauen sich ratlos an. Doch dann fangen wir an, Vorschläge zu machen. Irgendwie liegt das Thema in der Luft: Ankommen, Abschied nehmen. Vielleicht auch wegen der ganzen Flüchtlinge. Die Ideen sprudeln auf einmal nur so: »Unsere Show könnte ›Bienvenue à Berlin‹ heißen. ›Willkommen in Berlin‹«, schlägt Monsieur Vite uns vor. Damit sind alle einverstanden.

Unsere erste Aufgabe ist, uns eine Szene einfallen zu lassen, die auf einem Bahnhof spielt. Monsieur Vite regt uns an, die Augen zu schließen und ruhig zu werden. »Vertraut eurem ersten Impuls!«, sagt er eindringlich. »Trust yourself!« Dann klatscht er in die Hände und wir sollen einfach loslegen.

Als Erstes fällt mir meine Mom ein, wie wir am Bus voneinander Abschied nehmen. Mit Gottfried improvisiere ich eine Abschiedsszene, bei der wir ständig vom Lachen ins Weinen und wieder zurückkommen. So wie es bei meiner Mom und mir war.

Monsieur Vite sieht uns eine Weile zu. Irgendetwas klemmt in unserer Szene noch, das merken wir selbst. Sie wiederholt sich, entwickelt sich nicht weiter. Schließlich sagt er: »Ich habe das Gefühl, dass ihr ein Requisit gebrauchen könntet. Vielleicht einen Koffer. Kommt morgen vor der Gruppenstunde bei mir im Fundus vorbei und sucht euch einen aus.«

Er lüftet seinen Zylinder vor uns. Dann ist die Stunde vorbei und Monsieur Vite zieht sich wieder in den Fundus zwischen die zahllosen Erinnerungsstücke an Shows aus vergangenen Zeiten zurück.

DER KOFFER

Wie von selbst schnellt meine Hand vor und greift unter den Tausenden von Gegenständen, die in den langen Regalreihen des Fundus der Artistenschule lagern, nach einem überdimensionierten Koffer aus Holz und Leder. Ein Überseekoffer, mit dem man früher reiste, wenn man viel Gepäck mitnahm.

Keine Ahnung, warum er mich so anzieht. Vielleicht, weil das zerkratzte Holz und die abgewetzten Lederriemen wirken, als wäre das Ding dreimal um den Erdball gereist. Es hatte ein echtes Leben gelebt, das konnte man spüren. Der Koffer ist bestimmt zwei Meter lang und mindestens einen halben Meter tief. Die verzierten Messingbeschläge sind dunkel angelaufen. »Was meinst du?«, frage ich Gottfried. Er ist sofort einverstanden, denn der Koffer ist stabil genug für eine Akrobatikeinlage.

Als Monsieur Vite sieht, was Gottfried und ich ausgesucht haben, guckt er uns einen Augenblick intensiv an, als wolle er etwas sagen. Dann zuckt er aber nur leicht mit den Achseln und füllt den Leihzettel aus.

Wir schleppen den schweren Schrankkoffer zu zweit auf die Probebühne. Dort sehen Gottfried und ich ihn uns genauer an. »Pico« hat jemand mit weißer Farbe auf den Deckel gemalt. »Wer mag das gewesen sein?«, frage ich Gottfried. »Der ehemalige Besitzer?«, schlägt er vor. Ich lasse die Schlösser des Koffers aufschnappen. Der Geruch von Mottenkugeln weht uns entgegen. Ich muss niesen. Der Koffer hat mehrere Schubladen und eine

Kleiderstange. Mein Blick fällt auf die alten Zeitungen, mit denen die Wände verkleidet sind: »Die Waffen ruhen! Einstellung der Feindseligkeiten an der ganzen Front«, entziffere ich mühsam die alte Schrift. »Also stammt der Koffer aus dem Zweiten Weltkrieg«, schlussfolgere ich, aber in einem anderen Artikel steht unter der Überschrift »Flucht des Kaiserpaars«: »Der frühere Deutsche Kaiser, die Kaiserin und der Kronprinz sind in Holland eingetroffen. Noch ist unklar, ob ihnen Zuflucht gewährt wird.« Und da wird mir klar, dass der Koffer aus einer Zeit stammt, in der Polizisten noch Wachtmeister hießen und mit Pickelhauben auf dem Kopf rumgelaufen sind. Die Zeitung stammt vom 10. November 1918, verrät ein Datum. Wow.

Gemeinsam öffnen wir die Schubladen. In einer entdecken wir eine rostige Trillerpfeife und etwas eingetrocknete weiße Schminke. Clownsschminke. Und eine rote Clownsnase mit einer eigentümlichen Form. Kartoffelförmig. Ich setze sie auf, und sofort durchflutet mich ein Gefühl von Leichtigkeit. Ich stehe auf, mache ein paar Schritte über die Probebühne. In meinen Ohren entstehen Bahnhofsgeräusche. Ein einfahrender Zug. Er dampft und faucht. Wie vor hundert Jahren. Auf einmal bin ich ein aufgeregter kleiner Kerl, der im Bahnhofsgetümmel jemanden sucht und nicht weiß, wo er mit dem Suchen anfangen soll. Ich schnappe mir den Koffer, stelle mich drauf, um besser sehen zu können. Jetzt verliere ich das Gleichgewicht und fange mich gerade noch, verliere es erneut und lande auf der Kartoffelnase. Inzwischen ist Monsieur Vite ist in den Proberaum gekommen. »Ja«, sagt er ruhig in meine Übung hinein, »ja, so kannst du die Figur anlegen. Das ist viel besser.« Ich spiele weiter. Nach einer Weile fragt er: »Wie ist dein Name?« »Ich bin Pico!«, platzt es aus mir in einer hohen Fistelstimme heraus. Wo kommt denn bloß auf einmal diese aufgeregte Stimme her? Gottfried und Monsieur Vite müssen lachen. »Pico und Biko – das reimt sich!«, sagt Monsieur Vite schmunzelnd. Dann flüstert er Gottfried etwas ins Ohr. Wie ein Fußballtrainer, der einem Spieler die Taktik erklärt. Anschließend gibt er ihm einen sanften Schubs. Plötzlich steht Gottfried vor mir auf der Bühne. Er bläst aufgebracht in die Trillerpfeife. Sein Gesichtsausdruck ist streng und humorlos. Ein Beamtentyp mit Betonkopfqualitäten: »Balancieren ist auf dem Bahnhof strengstens verboten!«, sagt er mit einer Stimme, die keinen Widerspruch duldet. Gottfried ist nicht wiederzuerkennen. Fast macht er mir Angst.

Was jetzt? Trust yourself, fällt mir ein. Ich muss mich blind darauf verlassen, dass Pico etwas einfällt. Und Pico übernimmt tatsächlich die Regie. Ich gehorche dem strengen Kerl, der mir das Balancieren im Bahnhof verboten hat. Wie ein eingeschüchtertes Kind schleiche ich mich mit meinem Koffer davon, das Monstrum hinter mir herziehend. Kopf eingezogen, hängende Schultern, unsicherer Gang. Ich höre Monsieur Vite kichern. Gottfried guckt zufrieden, fast triumphierend in die Runde und dreht mir den Rücken zu. Sobald ich meine, vor ihm sicher zu sein, springe ich wieder auf den Koffer, um weiter Ausschau zu halten. Als der strenge Gottfried sich zu mir umwendet, um zu kontrollieren, ob ich auch tatsächlich abgezogen bin, friere ich in meinem Spiel augenblicklich ein. Ich tue so, als wäre ich ein Denkmal. Zur Tarnung. Und zwar das Manneken Pis. Ich gehe in die typische Haltung, die Männer vor einem Urinal einnehmen.

Einige der anderen sind inzwischen ebenfalls im Zuschauerraum der Probebühne gekommen. Ich höre Jule glucksen, Kosta sagt: »Geil.« Misstrauisch geht Gottfried um mich herum. Er weiß nicht, ob ich wirklich ein Denkmal bin. Seine großen Augen starren mich prüfend an. Ich bleibe zu Stein erstarrt. Dann holt er aus, wie um mir eine Ohrfeige zu geben. Einfach um zu testen, ob das Denkmal echt ist. Beim ersten Mal halte ich noch stand, rühre mich nicht. Beim zweiten Mal fange ich an zu zittern. Erst beim dritten Mal verliere ich das Gleichgewicht und schwanke wie ein Betrunkener vor und zurück, immer kurz davor, vom Koffer zu kippen. Gottfried tanzt um mich herum, als sei ich ein Schrank mit wertvollem Porzellan, den er unbedingt vorm Umkippen bewahren muss. In einem wahren Showdown stürze ich schließlich doch und reiße Gottfried mit mir zu Boden. Ganz großes Kino. Gottfried macht einen Purzelbaum in der Luft und landet punktgenau auf seinem Hintern. Dann rappelt er sich auf und ringt darum, seine Würde wiederherzustellen. Und als er sich genügend aufgeplustert hat, trompetet er erbost: »Ich habe gesagt, das Balancieren ist hier verboten!« Die Spannung, die uns aus dem Zuschauerraum entgegenschlägt, beflügelt mich. Als hätte ich diese Pointe schon oft gebracht, sage ich mit nie da gewesener Selbstsicherheit: »Da ja!«, und deute auf den Punkt, auf dem ich zuerst stand. Dann zeige ich auf die Stelle, an der wir umgefallen sind, und rufe mit meiner neu gefundenen Pico-Stimme voller Inbrunst: »Aber nicht hier!«

Monsieur Vite ist glücklich wie ein Kind über unser Zusammenspiel. »Ihr seid Bühnenpartner, als hätte euch der liebe Herrgott füreinander gemacht. Ihr werdet noch viel Freude an eurem Spiel haben.« Dann streicht er mit einer Hand über den Koffer, lächelt und verlässt den Raum.

DAS GEHEIMFACH

Wir haben selbst gemerkt, dass wir gut waren. Widerstrebend nehme ich die rote Kartoffelnase wieder ab. Am liebsten würde ich weiterproben. Aber es ist schon spät geworden. Während ich die Clownsnase zurück in den Koffer lege, beschließe ich, mehr über ihren früheren Besitzer herauszufinden. Monsieur Vite hatte während der Stunde gesagt: »Jedes Requisit, das ihr auf der Bühne benutzt, hat eine große Bedeutung. Je mehr ihr euch damit beschäftigt, desto mehr könnt ihr auf der Bühne erzählen. Macht euch mit euren Requisiten vertraut!« Konzentriert untersuchen wir daher die restlichen Schubladen des Koffers. Aber sie sind leer.

Gottfried zieht sämtliche Schubladen ganz heraus. Er klopft von allen Seiten dagegen. Ich kapiere erst nicht, was er da tut. Bis er sagt: »Hier ist ein Geheimfach. Habe ich es mir doch gleich gedacht. Mein Opa hatte auch so ein Ding.«

Tatsächlich. In einer der Schubladen befindet sich unter dem doppelten Boden ein Hohlraum. Und darin steckt ein vergilbter Brief. Kein Name, nur ein Buchstabe: P. Ich ziehe eine feste, ebenfalls vergilbte Karte aus dem Umschlag.

»Wenn Du das liest, Pico«, entziffere ich mühsam, »dann sitze ich wahrscheinlich mit Karl, Leo und Rosa in gemütlicher Runde zusammen. Gräm Dich bloß nicht, Jungchen. Ich hatte ein gutes Leben. Donna

PS: Unpolitisch sein heißt, politisch sein, ohne es zu merken!«

»Wer sind Karl, Rosa und Leo?«, frage ich. Gottfried zuckt mit den Schultern. »Klingt wie ein Abschiedsbrief. Vielleicht weiß Monsieur Vite mehr über den Besitzer des Koffers und seine Geschichte. Wir können ihn ja mal fragen.«

Monsieur Vite hat eine kleine Wohnung über dem Fundus. Er ist eigentlich immer im Dienst. Es ist inzwischen neun Uhr abends. Er ist gerade dabei, bei einem Einrad die Speichen zu erneuern. Die Schrauben der Gabel hat er bereits gelöst.

»Ach«, sagt Monsieur Vite. Behutsam streicht er über den Brief, den wir ihm hinhalten, liest die Worte und sagt wieder: »Ach«.

»Wer war dieser Pico?«

»Nur ein Clown«, erhalten wir abwesend zur Antwort. Monsieur Vite ist mit seinen Gedanken ganz woanders. »Den Brief hatte ich übersehen. Natürlich. Ein Geheimfach. Wie konnte ich nur so blind sein!«, murmelt er.

»Kam Pico aus einem berühmten Zirkus?«, fragt Gottfried.

»Nein. Pico kam aus dem Krieg.« Tolle Antwort!

Die Karte von Pico bewegt Monsieur Vite. Das ist deutlich zu spüren. Während er sie betrachtet, ergänzt er leise: »Er war Soldat im Ersten Weltkrieg.«

»Wissen Sie noch mehr über ihn?«, hake ich nach.

»Oui!«, sagt Monsieur Vite. Wie viele Artisten wechselt er oft von einer in die andere Sprache.

»War Pico sein Künstlername?« Musste man diesem Kerl denn alles aus der Nase ziehen?

»Pico hat vor dem Krieg Kellner gelernt. Hier in Berlin. Im berühmten Hotel Eden.« Monsieur Vite schiebt die Karte behutsam in den Umschlag zurück. »Ein Luxushotel, das es schon lange nicht mehr gibt. Auf dem Kurfürstendamm in Charlottenburg. Einen Lehrling im Restaurant nannte man früher Piccolo. Und den Namen wurde er auch als Erwachsener nie mehr los. Vielleicht, weil er nicht gerade ein Riese war. Pico nannten ihn seine Freunde.«

»Haben Sie ein Foto von Pico?«

»Ein Foto?«, wiederholt Monsieur Vite. Er hat sich bereits wieder dem kaputten Einrad zugewandt. »Wollt ihr denn heute Abend nicht mehr trainieren?«

»Wir wollen uns lieber mit unserem Requisit vertraut machen«, sagt Gottfried, »so, wie Sie es gesagt haben! Und Sie sind der Einzige, der etwas über diesen Koffer weiß.«

Monsieur Vite lässt den Speichenspanner sinken. »Zu Pico gibt es einiges zu sagen!«, räumt er ein. Gottfried und ich schauen ihn erwartungsvoll an. Schließlich steht er auf. »Wartet hier!«, sagt er zu uns und verschwindet im Fundus. Wenig später kommt er mit einem alten Schulranzen aus Leder zurück. Absolut museumsreif.

»Alles, was da drin ist, war vorher in Picos Koffer«, erklärt er und breitet zahlreiche Dokumente auf der Werkbank aus. Einige in Leder gebundene Notizbücher, Zeitungsartikel, Postkarten, zu einem Bündel verschnürte Briefe, Fotos. Eine der Postkarten zeigt einen Matrosen, der auf dem Brandenburger Tor eine riesige Fahne schwenkt.

»Was war denn da los?«, frage ich Monsieur Vite.

»Revolution!«, antwortet er.

»Wann soll es denn hier eine Revolution gegeben haben?«, frage ich erstaunt.

»Vor etwa hundert Jahren, als der Erste Weltkrieg vorbei war.

Bis dahin regierte ein Kaiser, nach dem verlorenen Krieg kam die Revolution. Auf den Straßen Berlins wurde geschossen. Und in dieser gewaltsamen Zeit wurde das Deutsche Kaiserreich zur Republik.«

Weder Gottfried noch ich hatten jemals davon gehört.

»Und was hat Pico mit der Revolution zu tun?«, frage ich.

»Die Revolution machte aus Pico einen Clown. Wenn er sich nicht die rote Nase aufgesetzt hätte, hätten sie ihn totgeschlagen.« Monsieur Vite breitet Fotos aus einem Varieté vor uns aus. Sie zeigen einen schmächtigen Kerl mit einer Kochmütze, die viel zu groß für seinen schmalen Schädel ist. Er jongliert mit sieben Kartoffeln. Und lächelt dabei.

»Wer hätte ihn totgeschlagen?«, frage ich. »Und warum?«

Erwartungsvoll sehen wir Monsieur Vite an. »Das ist eine lange Geschichte«, murmelt der alte Mann und greift nach einem der Notizbücher. Er klappt es auf, vertieft sich in die Zeilen. »Hier in diesen Notizbüchern hat Pico alles aufgeschrieben«, sagt er und hält uns eine vergilbte Seite hin, eng beschrieben mit dieser schnörkeligen alten Schrift, in der auch der geheimnisvolle Brief geschrieben war. »Seht ihr!«, sagt er und deutet auf das Datum: »15. Dezember 1918. Da ist er aus dem Krieg heimgekehrt.«

Monsieur Vite hat sich wieder in die Notizbücher vertieft. Hat er uns vergessen? Gottfried und ich sehen uns an. Wir nicken uns zu und wollen uns schon verdrücken. Da hebt Monsieur Vite den Blick und fängt an zu sprechen.

ZURÜCK IN BERLIN

Wenn die Stadt zu blinzeln anfängt, kurz bevor sie aufwacht – das ist für Pico die beste Zeit des Tages. Wenn der Tag noch nagelneu ist, noch alles möglich scheint.

Um diese Zeit hat er die meisten Bürgersteige Berlins für sich allein. Höchstens rumpelt mal ein einsames Fuhrwerk mit einem ausgezehrten Gaul auf der Straße neben ihm her. Erst als er sich dem Kurfürstendamm nähert, wird es belebter. Jetzt begegnen ihm beschwipste Nachtschwärmer, eng umschlungene Liebespaare, müde Revuemädchen und aufgetakelte Nutten auf ihrer letzten Runde über den Kiez. Eine Frau in hochhackigen Lederstiefeln knallt auffordernd mit ihrer Peitsche aufs Pflaster, als er an ihr vorbeigeht. Aber er winkt nur dankend ab. Der Kudamm ist dem übrigen Berlin schon immer einen Schritt voraus gewesen. Die Frauen hier sind schillernder, die Lokale lauter, die Schaufenster bunter, und nachts ist hier so viel los wie andernorts tagsüber. Er atmet tief ein. Wie sehr er das alles vermisst hat!

Pico kann kaum glauben, dass er auf dem Weg zur Arbeit ist, seine Beine laufen wie von allein. Jetzt, wo er wieder hier ist, kann es ja nur noch bergauf gehen.

Er freut sich auf seinen Dienst in der Eden-Bar. Auf das Geklimper der Eiswürfel in den Cocktailgläsern, die gedämpfte Musik des Orchesters, die Kollegen. Vor allem auf den Barkeeper, den alle voller Anerkennung den Meister nennen. Der Krieg ist vorbei! Er hat das Wunder vollbracht, am Leben zu bleiben. Und er hat sogar seine Stelle im Eden wieder! Sie hatten sie ihm freigehalten.

Als er gestern zum ersten Mal nach all der Zeit ins Eden-Hotel kam, hatten die alten Kollegen ihm – dem Kriegsheimkehrer – anerkennend auf die Schulter geklopft. Die Köchin hatte geschluchzt. »Unser Piccolo ist wieder da!« Schon als Lehrjunge, als Piccolo, war er ihr Liebling gewesen. »Ach herrje, dich müssen wir erst einmal wieder richtig hochpäppeln!« Sie rannte sofort in die Küche und kam mit einem schuhsohlengroßen Schnitzel zurück. »Weil bald Weihnachten ist!«, sagte sie mit einem Augenzwinkern und freute sich herzlich, als sie sah, mit welchem Appetit er aß. Sogar der Hoteldirektor, befrackt und mit blütenweißem Hemd, hatte ihm freundlich die Hand geschüttelt. Hier würde er wieder zum Menschen werden. Hier war das Eden. Sein Paradies. Der Ort, nach dem er sich vier Jahre lang gesehnt hatte.

Der Gedanke an das elegante Hotel hatte ihm im Krieg Tag für Tag Kraft gegeben. Und sogar in der Nacht. An die zweihundert weichen, sauberen Betten hatte er gedacht, während er mit anderen nach Angst und Pisse stinkenden Männern auf fauligem Stroh schlief. Wenn Blendgranaten das Niemandsland in grelles Licht tauchten, hatten in seinem Kopf die Kronleuchter des Eden in ihrer ganzen Pracht gefunkelt. In seinen Ohren hatte das Orchester gespielt und das Gebrüll der Granaten beinah zum Verstummen gebracht.

Er ist immer noch gerührt von der herzlichen Begrüßung im Hotel. Sogar meinen alten Spind haben sie zur Begrüßung geschmückt, erinnert er sich, als er jetzt auf das Hotel zuläuft.

Er hat noch genug Zeit, um vor Dienstbeginn eine Zigarette

zu rauchen. Auf der Straßenseite gegenüber vom Eden lehnt er sich an einen Laternenpfahl und steckt sich eine Selbstgedrehte in den Mund. Zufrieden betrachtet er das riesige Hotel. Die elegante Muschelkalkfassade mit dem edlen, schlichten Schriftzug EDEN hat ihn immer an einen griechischen Tempel erinnert. Er tastet in seinem alten Soldatenmantel nach den Streichhölzern. Sobald er sein erstes Gehalt bekommt, wird er sich zivile Kleidung zulegen. So viel ist sicher! Die Erinnerung an das elende Blutvergießen will er nun endgültig ablegen. Bevor er das Streichholz entzünden kann, sagt auf einmal eine Stimme hinter ihm:

»Da biste ja wieder, Jungchen. Hab schon gedacht, sie hätten dir in Frankreich das Lebenslicht ausgepustet. Aber Unkraut vergeht anscheinend nicht.« Die Frau, die aus der Dunkelheit hervortritt, hat eine tiefe Stimme, fast wie ein Mann. Eine Stimme wie ein Reibeisen, in der der Rauch unzähliger Zigaretten mitschwingt.

Das Streichholz ist ihm aus der Hand gefallen. Donna! Die Frau mit dem größten Herzen Berlins. Sie hatte ihn während des Krieges nicht vergessen. Jedes Jahr zu Weihnachten hatte sie ihm an die Front eine Postkarte geschrieben. Einmal hatte sie sogar ein Paar selbst gestrickte Wollsocken dazugelegt. Was hatte er sich darüber gefreut!

Sie fallen einander in die Arme. Die große Frau zerquetscht ihn fast vor Wiedersehensfreude. Sogar Freudentränen fließen. Dazwischen lacht Donna rau und ansteckend. Und weint dann wieder – vor Freude oder vor Verzweiflung, wer kann das in diesen Zeiten schon wissen? Um der Gefühlsduselei ein Ende zu machen, bietet Pico Donna ebenfalls eine Zigarette an, die sie gerne annimmt. Wie in alten Zeiten, denkt er dankbar.

Donna schließt beim ersten tiefen Zug aus der Kippe die ka-jalumflorten Augen. Gierig zieht sie den Rauch ein. Als könne sie sich von Innen an der Zigarette wärmen. Hell glimmt die Glut auf. »Am Ende der Schicht kommt das Tageslicht«, sagt sie dann zufrieden. Für Donna markiert die gemeinsame Zigarette das Ende ihrer Arbeitszeit auf dem Kiez, für Pico den Beginn seines Dienstes auf der anderen Straßenseite. Schon vor dem Krieg hatten sie sich an dieser Laterne fast jeden Tag zum »Nachtgebet« getroffen oder zur »Morgenandacht«, je nach Betrachtungswei-se, und sich über Gott und die Welt unterhalten.

»Gut siehst du aus!«, stellt er fest. Sie trägt die Haare jetzt kurz, was ihre dunklen Augen noch größer wirken lässt. Neu-erdings lassen sich die Frauen vom Herrenfriseur die Haare schneiden. Alles ist jetzt anders!

»Ist das verdammte Blutvergießen endlich vorbei!«, sagt Don-na zufrieden und nimmt einen tiefen Zug aus der Zigarette. »Dass es am Ende so schnell ging, verdanken wir den Matrosen in Kiel. Wenn die nicht gemeutert hätten, dann würde der Kaiser heute wahrscheinlich immer noch Krieg spielen!«

»Die Matrosen haben tatsächlich das einzig Richtige gemacht, als sie sich weigerten weiterzukämpfen«, sagt Pico. »Dazu hat es einen wahren Heldenmut gebraucht! Als die Proteste losgin-gen, hat man ihre Kameraden schließlich ruckzuck eingebuch-tet. Die Matrosen haben ihr Leben riskiert, als sie geschlossen die Kriegsschiffe verließen.«

»Und nicht nur in Kiel haben sie alles auf den Kopf gestellt!«, ergänzt Donna. »Nachdem sie da oben im Norden die Gefäng-nisse gestürmt und alle politischen Gefangenen befreit haben, sind sie in ganz Deutschland ausgeschwärmt und haben revolutionäre Räte gebildet. Zum Glück kamen sie dann ja auch nach Berlin. Und plötzlich sind die Arbeiter in Massen auf die Straßen gegangen. Ich sage dir, jetzt zahlt sich unser jahrelanger Kampf aus, Jungchen! Die Arbeiter haben durch diesen furchtbaren Krieg endlich begriffen, was passiert, wenn sie sich nicht einmischen. Dann werden sie nämlich als Kanonenfutter verheizt.«

Pico hat Donna noch nie so aufgekratzt erlebt. Ihr ganzes Leben hat sie für die Sache der Arbeiter gekämpft. Früher hatte sie in der gleichen Munitionsfabrik wie sein Vater gearbeitet. Die Arbeit war gefährlich, Unfälle an der Tagesordnung. Aber schlimmer noch war, dass der Fabrikbesitzer am Ende der Woche den Lohn nur nach Lust und Laune auszahlte. Donna gehörte einem Arbeiterverein an und half mit, einen Streik zu organisieren, um bessere Bedingungen zu erkämpfen. Doch schon nach fünf Tagen gingen die Leute gesenkten Hauptes wieder an die Werkbänke. Zu Hause hungerten ihre Kinder. Das Kräftemessen mit dem Fabrikbesitzer konnten sie nicht länger durchhalten. Donna flog in hohem Bogen raus. Aber es kam noch schlimmer: Sie landete auf der schwarzen Liste. Ohne Chance, jemals wieder eine Stelle zu kriegen.

Als Pico sie wiedersah, marschierte sie auf der Straße vor dem Eden auf und ab und hielt nach Freiern Ausschau. Anders hätte sie sich nicht über Wasser halten können. Als Kellnerlehrling mit gerade mal vierzehn Jahren hatte ihn das sehr bestürzt. Aber Donna beklagte sich nie. »Was soll ich tun, Pico? Ist besser als Verhungern. Und solange ich für die Revolution arbeiten kann, ist mir egal, was ich machen muss, um zu überleben!«, sagte sie und meinte es auch so. Unermüdlich verteilte sie weiterhin Flugblätter vor den Fabriktoren.

Und jetzt ist der Krieg vorbei und die Revolution, von der sie immer gesprochen hatte, endlich da.

»Wie ist es dir in der Zwischenzeit ergangen?«, fragt Pico. »Erzähl!«

Natürlich geht es Donna wieder nur um die Politik. Sie seufzt. »Ach Jungchen, die Lage in Berlin ist hochexplosiv. Es ist zum Verzweifeln. Der November hat so friedlich angefangen. Da kamen die Matrosen nach Berlin und hatten die Revolution im Gepäck. Ich wünschte, du wärst dabei gewesen! Ganz Berlin war auf den Straßen. Ein Meer von roten Fahnen. Alle haben gesungen. Die Menschen hakten sich unter. Alle waren sich einig, dass es nie wieder Krieg geben dürfe. Und alle wollten helfen, dass bessere Zeiten anbrechen. Überall gab es Versammlungen. In jeder Fabrik. Endlich wurde zugehört, was Arbeiter und einfache Soldaten zu sagen hatten. Im Januar wird es freie Wahlen geben, bei denen zum ersten Mal auch wir Frauen mitwählen dürfen. Und dann wurden Räte gewählt für die Übergangsregierung. Für einen kurzen Moment schien alles möglich. Aber jetzt steht das alles wieder auf der Kippe. Es ist zum Heulen!«

»Nun mal sachte mit den jungen Pferden, Donna! Vieles von dem, wofür du jahrelang gekämpft hast, ist doch wahr geworden: Der Kaiser hat abgedankt, der Krieg ist aus, die Republik wurde ausgerufen, Vorsitzender der Regierung ist kein adeliger Schnösel, sondern der Handwerker Friedrich Ebert. Was willst du denn noch mehr?«

»Stimmt schon, dass sich was verändert hat«, sagt Donna. »Aber es tauchen überall Gegenrevolutionäre auf, die all das wieder zurückdrehen wollen. Die Republik hat erbitterte Feinde, besonders unter den Offizieren, die jetzt aus dem Krieg zurückkommen. Enttäuschte Soldaten, die sich freiwillig unter ihr Kommando stellen, finden sich überall. In jeder Kneipe. Diese Freikorps schießen wie Pilze aus dem Boden. Jeden Tag werden es mehr. Und sie kennen nur ein Ziel: Sie wollen verhindern, dass Arbeiter in der Politik mitreden.« Wie um Donnas Worte zu bestätigen, hört man in der Ferne Schüsse.

Mit einem tiefen Seufzen sagt sie:»Ach Jungchen, da haste den Krieg heil überstanden, und nun muss ich mir Sorgen machen, dass du dir hier in Berlin eine Kugel einfängst ... Zeiten sind das!«

Um sie aus ihren trüben Gedanken zu reißen, sagt Pico:»Ich hab gehört, dass sie die Rote Rosa wieder freigelassen haben.«

Sofort geht ein Leuchten über Donnas Gesicht.»Rosa!«, wiederholt sie. Als hätte der Name einen geheimen Zauber. Bereits vor dem Krieg hatte Donna häufig von Rosa Luxemburg erzählt. Eine Vertreterin der Arbeiterschaft, die sich öffentlich gegen den Krieg ausgesprochen hatte und die für ihre Überzeugungen ins Gefängnis gegangen war. Dass sie jetzt, nach dem Krieg, freigekommen ist, erfüllt Donna mit unbändiger Freude.

»Solange Rosa lebt, lebt die Hoffnung«, sagt sie mit funkelnden Augen.»Und Karl Liebknecht ist auch wieder frei!«, ergänzt sie.»Der hat ja ebenfalls immer Mumm gezeigt.«

Der Abgeordnete Karl Liebknecht hatte sich als Einziger im Parlament gegen den Krieg ausgesprochen. Er war dafür wüst beschimpft worden.»Vaterlandsverräter! Nestbeschmutzer!« Aber er hatte sich von den Anfeindungen nicht in die Knie zwingen lassen. Schließlich hatte man auch ihn weggesperrt. Genau wie Rosa Luxemburg war auch er erst bei Kriegsende freigelassen worden.

»Na, siehst du, Donna – es sind doch genug Leute da, die aufpassen, dass die Arbeiter nicht wieder den Kürzeren ziehen! Aber jetzt lass uns aufhören, von der ollen Politik zu reden.«

Donna nimmt einen letzten Zug von ihrer Zigarette: »Wie geht's denn deinem Vater? Hab ihn schon ewig nicht mehr gesehen.«

»Vater ist tot. Die Spanische Grippe«, sagt Pico knapp. »Abends krank, morgens tot. Er hat nicht lange leiden müssen. Im Februar schon.«

»Das tut mir leid«, antwortet Donna und streicht mitfühlend über seine Wange.

»Von meiner Familie ist jetzt keiner mehr am Leben«, sagt Pico und drückt die Zigarette aus. »Meine beiden Brüder sind gefallen, meine Mutter – weißt du ja – hat es bei der Explosion in der Fabrik erwischt, und jetzt der Vater.« Wie weh es ihm immer noch tut, dass er für die Beerdigung keinen Heimaturlaub bewilligt bekam.

»Du kommst morgen zu mir!«, bestimmt Donna. »Es gibt ›Hast-du-nicht-gesehen‹, also Kohlsuppe mit Salz. Widerspruch ist zwecklos, Jungchen.«

Wie lustig, dass Donna ihn immer noch Jungchen nennt! Dabei ist die Gute gar nicht so viel älter als er. Höchstens dreißig kann sie sein. Aber sie kennt ihn ja auch schon aus der Zeit, als er noch ein Junge war. Nachdem die Mutter gestorben war, war sie häufig bei Pico zu Haus, um für ihn und seine beiden Brüder zu kochen.

Donna sieht ihn so freundlich an, dass die Gespenster, die ihn heimsuchen, wenn er an seine verlorene Familie denkt, das Weite suchen. »Dann bis morgen Abend«, sagt er dankbar dafür, dass er bei seinem ersten Weihnachtsfest in der Heimat nicht allein sein muss.

Ein Glück, dass es Menschen wie Donna gibt. Die sich für andere einsetzen, geht ihm durch den Kopf, als er den Kurfürstendamm überquert und auf den Dienstboteneingang des Hotels zueilt. Er selbst wird sich ganz sicher nicht in die Politik einmischen. Es reicht, dass er während des Krieges fürs Vaterland seinen Kopf hingehalten hat. Die Revolution soll mal schön ohne ihn auskommen. Schließlich hat er das Gemetzel in den Schützengräben nicht überlebt, um sich jetzt neuen Ärger einzuhandeln. Ich will Donna ein schönes Weihnachtsgeschenk besorgen!, beschließt er. Gleich nach der Arbeit ziehe ich los. Auf dem Schwarzmarkt hinter der Oper könnte er vielleicht ein Zigarettenetui für sie ergattern. Etwas Sold von seiner Entlassung hat er ja noch.

Jetzt aber nichts wie rein ins Paradies! Wäre ja noch schöner, wenn er gleich an seinem ersten Arbeitstag zu spät käme.

DER PANZER

Der Bartender der Eden Bar rührt gerade eine bernsteinfarbene Flüssigkeit auf Eis. Mit kühler Eleganz gießt der Mann, den die Stammgäste gern den Meister nennen, die *Berliner Luft* in zwei Gläser und spritzt den Cocktail mit einer Orangenzeste ab. Dann schiebt er die Gläser Pico über den blank polierten Tresen zu.

Pico trägt die Drinks zum Klang der leisen Klaviermusik an den Tisch eines glatzköpfigen Herrn, der sich in Begleitung einer auffallend schönen jungen Frau befindet. Auf dem Rückweg nimmt er die Bestellung eines selbstverliebten Schriftstellers entgegen. »Sagen Sie dem Meister, er soll mich überraschen!« Der Bartender macht sich nach kurzem Nachdenken an die Herstellung eines Cobblers: Sherry, ein wenig Zucker, Frucht und jede Menge Eis. Eigentlich kein Grund zur Aufregung. Aber dennoch wird der Cobbler des Eden überall als Meisterwerk gepriesen. Die genaue Zusammensetzung der Zutaten hütet der Meister wie ein Staatsgeheimnis.

Das Jimmy ist eine der elegantesten Bars der Stadt. Man spricht auch gern von Cocktail-Revolution, wenn es um die Drinks geht, die hier gemixt werden. Die einzige Revolution, die sich die verwöhnten Gäste des Hotels gern gefallen lassen. Der ganze Zinnober hat natürlich auch seinen Preis. Aber Geld spielt hier keine Rolle. Herren erscheinen am Tresen wie für die große Oper gekleidet. Die zumeist jüngeren Damen könnten mit ihrem strahlenden Lächeln Modezeitschriften entsprungen sein. Wer hier vorbeischaut, kann sicher sein, im Verlauf der Nacht auf Menschen zu treffen, über die die Klatschseiten der Zeitungen berichten. Berühmte Künstler zieht es Abend für Abend ins Jimmy, um hier die Reise durch die Nacht zu beginnen.

Doch auch in der eleganten Bar wird zurzeit nur über Politik geredet.

Man könnte den Eindruck gewinnen, ein Gespenst ginge um. Die Angst vor einer Revolution wie in Russland spukt in allen Köpfen. Der Mord an der Zarenfamilie im Sommer bewegt noch immer die Gemüter. Nichts ist ihnen heilig, den Bolschewiki, nicht mal das Leben der kaiserlichen Familie! Man braucht nur nach Russland und den radikalen Revolutionären unter der Führung des berühmt-berüchtigten Lenin zu schauen, um zu ahnen, was auf Deutschland zukommt, wenn man den Pöbel auf den Straßen nicht in den Griff bekommt: staatlich verordneter Terror gegen Gutsbesitzer, Fabrikbesitzer, Offiziere.

Früher oder später fällt in allen Gesprächen der Name Rosa Luxemburg. Während Donna in Rosa einen Leuchtturm der Anständigkeit sieht, ist die Politikerin für die Gäste des Eden die Wurzel alles Bösen. Eine polnische Volksverhetzerin, aus dem Ausland geschickt, um in Deutschland eine Schreckensherrschaft wie in Russland zu errichten. Und dann auch noch Jüdin! Der von ihr mitbegründete Spartakusbund wird das gleiche Unheil über Deutschland bringen wie die Bolschewiki über Russland – so sieht man die Sache im Eden. »Man müsste einen Offizier mit Ehre im Leib finden, der der Roten Rosa einen Kopfschuss verpasst!«, sagt zu Picos Erschrecken ein gut gekleideter Kaufmann zu seinem Geschäftspartner. Pico ist gerade dabei, den beiden Herren Mokka zu servieren.»Der wird sich finden, glaube mir, Friedrich, der findet sich. Diese schamlose Hure sind wir bald los!«

Endlich ist das Ende der Schicht gekommen. Pico poliert noch schnell die letzten Cocktailgläser. Dann macht er sich auf den langen Weg zum Schwarzmarkt. Er atmet tief durch, als er an die frische Luft tritt. Den ganzen Tag sind alarmierende Nachrichten durch die Drehtür ins Eden gedrungen. In Sekundenschnelle haben sie sich vom Kohlenkeller bis zur Golfanlage auf dem Dach verbreitet. Die Lage in der Stadt hat sich anscheinend noch weiter verschärft.

Die revolutionären Matrosen haben in Berlin Polizeiaufgaben übernommen. Sie schützen wichtige Gebäude im Regierungsviertel und sollen Plünderungen verhindern. Aber die Beziehung zwischen den Matrosen und der gemäßigten Regierung unter Friedrich Ebert hat sich spürbar abgekühlt. Die Regierung drängt darauf, dass die Männer ihr Quartier im Stadtschloss verlassen. Die weigern sich jedoch standhaft, das Schloss zu räumen. Denn sie haben noch Lohn zu kriegen. Und solange man ihnen den vorenthält, werden sie in der verwaisten Kaiserresidenz ausharren. Der Konflikt zwischen den Matrosen und der Regierung schaukelt sich von Tag zu Tag weiter hoch. Um die Matrosen aus dem Schloss zu werfen, so gehen die Gerüchte, sollen sich bereits Freikorps zusammenrotten: Soldaten, denen die Revolution ein Dorn im Auge ist. Die können es kaum erwarten, den Matrosen an die Gurgel zu gehen. Die Lage in der Stadt scheint sich mit jeder Stunde zu verschärfen. Von besinnlicher oder gar friedlicher Weihnacht keine Spur.

In ihrer Hilflosigkeit schickt die Regierung Freiwilligen-Trupps los, um die Bevölkerung zu entwaffnen.»Bürgerwehr« schimpft sich diese Möchtegern-Polizei. Besonders die Arbeiterviertel werden systematisch nach Waffen durchkämmt.»Eine Arbeiterregierung, die sich am meisten vor den eigenen Wählern fürchtet!«, hat ein Gast in der Bar mit einem hämischen Grinsen gesagt. Fünf Jahre Gefängnis drohen jedem, bei dem Waffen gefunden werden.

Pico hat seine Pistole längst abgegeben. Einen Teufel wird er tun, sich mit einer Waffe erwischen zu lassen. Er schlägt den Kragen seines Soldatenmantels hoch und schreitet schneller aus. Wenn er den Schwarzmarkt noch rechtzeitig erreichen will, muss er sich beeilen. Vielleicht kann er dort nicht nur ein Geschenk für Donna, sondern auch eine warme Winterjacke auftreiben. Er fröstelt, und das nicht nur wegen der Kälte. Kommt denn die Welt nie zur Ruhe?

Aus dem Opernhaus klingt gedämpft Musik. Trotz der angespannten Lage fahren die Straßenbahnen noch, spielen die Theater, gehen die Kinder zur Schule. Gerade setzt der Opernchor ein, mehrstimmige Harmonien wehen Pico entgegen. Einen Moment lang hält er inne, genießt die schöne Musik.

Plötzlich zuckt er zusammen. Motorengeräusche und das Rasseln von schweren Eisenketten kommen näher. Ein Geräusch, das ihm nur allzu bekannt ist. Ein Geräusch, von dem er sich gewünscht hätte, es nie wieder hören zu müssen. Schon gar nicht in seiner Heimatstadt. Der Boden unter ihm erzittert, die Wand des Opernhauses scheint zu vibrieren. Entgeistert dreht er sich um und sieht einen Panzer den breiten Prachtboulevard herunter in seine Richtung rollen. Instinktiv schaltet Pico um. Sofort ist er wieder Soldat, geht in Deckung, drückt sich gegen die Fassade des Opernhauses. Der Panzer ist jetzt auf einer Höhe mit ihm.

Das schwere Fahrzeug rasselt kreischend die Straße entlang, reißt mit seinen Ketten das Pflaster auf. Auf dem Opernvorplatz bleibt das Ungetüm stehen. Ein greller Scheinwerfer flammt auf, der Lichtstrahl tanzt über die Straße, tastet dann lauernd den Gehweg ab. Da erscheint ein Mädchen im Lichtkegel. Eine junge Frau in einem zerschlissenen blauen Mantel, der viel zu dünn für die Jahreszeit ist. Erschrocken kneift sie die Augen zusammen. Das Licht blendet sie. Im nächsten Moment ist sie aus dem Lichtstrahl herausgesprungen, Schutz in der Dunkelheit suchend. Schon hat der Scheinwerfer sie wieder eingeholt. Das Mädchen fängt an zu rennen, bleibt dann keuchend stehen. Langsam, ganz langsam setzt sich der Tank wieder in Bewegung. »Was wollt ihr von mir? Haut ab!«, schreit sie das schwarze Biest an. Doch der Panzer rollt weiter auf sie zu, sein riesiges Kanonenrohr scheint direkt auf sie zu zielen. Der Schatten des Mädchens wird riesengroß auf die Fassade des gegenüberliegenden Hauses geworfen. Pico muss an eine sprungbereite Katze denken, so wie sie dasteht, mit ihrer drohend erhobenen Faust.

Am Ende der Straße in Sichtweite des Stadtschlosses haben Matrosen einen Kontrollpunkt errichtet. Das Mädchen rennt jetzt wie der Wind die Straße hinunter, in Richtung des Postens. Schon hat der Panzer sie wieder im Visier, rasselt hinterher.

»Deckung!«, brüllt Pico ihr nach. Und noch einmal: »Deckung!« Er selbst sucht Schutz hinter einer Litfaßsäule.

Wie Pico vorausgesehen hat, geraten die jungen Matrosen an den Barrikaden in helle Aufregung, als der Panzer in ihre Richtung rollt. Schüsse peitschen durch die Nacht. »Mit Gewehren einen Tank stoppen! Darauf können auch nur Matrosen kommen!«, murmelt Pico. Jetzt bloß keinen Querschläger einfangen! Das Mädel tut ihm leid. Es ist genau in die Schusslinie geraten. Zwischen zwei Gewehrsalven peilt er vorsichtig die Lage. Die junge Frau ist stehen geblieben, weicht jetzt langsam zurück. Sie muss einen verdammt fähigen Schutzengel haben, stellt Pico erleichtert fest. Aber sie sollte sich besser nicht allzu sehr auf ihn verlassen!

Er springt auf, rennt auf sie zu, stößt sie zur Seite, drückt sie auf den Boden. Der Panzer rollt an ihnen vorbei. Dann hört Pico das charakteristische Einrasten eines Maschinengewehrs. Der Tank fährt direkt auf den Kontrollpunkt zu. Noch immer versuchen die Matrosen, ihn mit ihren Gewehren zum Stillstand zu zwingen. Da rattert das Maschinengewehr auf dem Panzer los. Zwei Matrosen liegen am Boden. Der eine krümmt sich vor Schmerz und stöhnt, der andere rührt sich nicht mehr. Das Mädchen in Picos Arm schreit entsetzt auf. Der Panzer hat den Posten inzwischen passiert, die Absperrungen sind niedergewalzt und das unheimliche Gefährt ist in der Dunkelheit verschwunden. Kein Laut ist mehr zu hören. »Grabesstille«, hatten sie an der Front immer gesagt, wenn die Waffen schließlich schwiegen und die Welt den Atem anzuhalten schien.

Das Mädchen hat sich ganz klein gemacht und zittert wie Espenlaub. Er legt seine Hand auf ihren Kopf. »Alles gut«, sagt er, »alles gut. Alles gut.«

Dabei weiß er nur zu genau, dass gar nichts gut ist. Berlin steht ein blutiges Weihnachtsfest bevor.

Die Matrosen haben ihre verletzten Kameraden inzwischen ins Foyer der Oper getragen. In der Ferne hört man die Sirene eines herannahenden Krankenwagens. Das Publikum hat sich ängstlich im Foyer versammelt, keiner traut sich, das Haus zu verlassen.

»Ich glaub, die Messe ist gelesen«, sagt Pico zu dem Mädchen und hilft ihr auf die Beine.

»Danke«, sagt sie ernst. »Ohne dich könnte ich mir jetzt wohl die Radieschen von unten ansehen.« Trotz der flapsigen Bemerkung steht ihr der Schreck ins Gesicht geschrieben. Sie ist kreidebleich. Dennoch bringt sie ein kleines Lächeln zustande und reicht ihm die Hand. Eine feste, mit Schwielen versehene Hand, die gewohnt ist zuzupacken, bemerkt Pico. Wahrscheinlich eine Fabrikarbeiterin. Er schätzt sie auf neunzehn, höchstens zwanzig Jahre, kaum jünger als er selbst. So einen festen Händedruck hätte er der schmalen Person gar nicht zugetraut.

»Ich heiße Pippa«, sagt sie.

»Mich nennen sie Pico!«, antwortet er. Sie lässt seine Hand gar nicht mehr los.

»Einen Händedruck wie ein Preisboxer hast du!«, sagt Pico und verzieht zum Spaß schmerzhaft das Gesicht. »Dir möchte ich mal lieber nicht im Dunkeln begegnen.«

»Bist du aber schon!«, sagt sie und muss kichern.

Sie hat Grübchen in den Wangen, stellt er fest. Und klare Augen, die ihn dankbar ansehen.

»Eigentlich wollte ich die Straßenbahn da nehmen«, sagt sie erklärend und deutet zur Haltestelle, wo heute bestimmt keine Bahn mehr fährt – der Panzer hat mit seinen Ketten die Schienen aus der Verankerung gerissen. Dann fällt ihr Blick auf ihre Handtasche, die sie die ganze Zeit fest umklammert hat.

»Um zehn muss ich ja in Steglitz sein. Um Himmels Willen,

wie komme ich denn jetzt bloß da hin?«, ruft sie aufgeregt. Was sie wohl vorhat in Steglitz, mitten in der Nacht? Und ganz allein, wo es doch so viele Schießereien gibt?

»Ich könnte dich ein Stück begleiten«, bietet er an. »Bis zum Bahnhof Friedrichstraße. Da kommst du bestimmt noch weg.«

»Das würdest du tun?«, ruft Pippa glücklich aus. »Ja, bitte, zeig mir den Weg, das wäre wirklich gut. Ich kenne mich hier nicht aus.« Eilig machen sie sich auf den Weg.

»Lass mich deine Tasche tragen!«, bittet Pico. Er hat schon festgestellt, dass sie ein ganz schönes Gewicht mit sich herumschleppt.

»Nie im Leben!«, sagt sie bestimmt. Um dann mit dem breitesten Lächeln hinzuzufügen: »Selbst ist die Frau!«

Aha! Eine Kämpferin für Frauenrechte. Wie Donna. Schon klar. Deshalb trägt sie wohl auch eine Hose. Eine Krawatte hat sie locker um den Hals geschlungen. Sieht bei ihr lässig aus. Dazu die kurzen dunklen Haare. So dünn, wie sie ist, würde sie glatt als Junge durchgehen.

Sie eilen wortlos die dunkle Straße entlang. Das Mädchen denkt nach.

Er fühlt sich keineswegs befangen in ihrem Schweigen. Ganz im Gegenteil. So wohl wie jetzt, mit diesem Mädchen an seiner Seite, hat er sich noch nie gefühlt. In seinem ganzen Leben nicht.

Hinter ihnen hört man eine Explosion, dann Schüsse. Besorgt bleiben sie stehen, horchen in die Nacht.

»Das war am Stadtschloss«, sagt Pippa mit einem Stirnrunzeln. »Bald geht es da richtig los!«

»Ja, davon hab ich auch gehört!«, murmelt er. »Es soll den Matrosen ans Leder gehen.«

»Es ist zum Haareraufen, dass die Linke so zerstritten ist. Sozialdemokraten wie Ebert und Noske und radikale Linke, zu denen alle gehören, die die Revolution bis ans Ende bringen wollen, gönnen einander das Weiße im Auge nicht. Und was passiert, wenn zwei sich streiten? Dann freut sich bekanntlich der Dritte. Und das ist in dem Fall das Militär«, sagt Pippa und wendet sich wieder zum Gehen. »Keiner der Offiziere, die jetzt aus dem Krieg zurückkommen, will sich von Arbeitern regieren lassen. Friedrich Ebert, der Vorsitzende der Regierung, ist gelernter Sattler.«

»Dass die Oberste Heeresleitung sich von Arbeitern Befehle geben lassen soll, das ertragen die nicht. Da geb ich dir Recht. Der Streit zwischen den beiden Lagern ist für die wie ein Weihnachtsgeschenk.«

Eine Weile gehen sie schweigend nebeneinander her.

Er traut sich nicht, zu fragen, was sie in Steglitz will. Sie haben sich ja gerade erst kennengelernt. Aber er wüsste schon gern, ob sie bereits vergeben ist.

Pippa ist mit ihren Gedanken ganz woanders unterwegs als er. »Ich wette, sie machen für die Schießerei auf dem Opernplatz mal wieder Rosa und Karl verantwortlich!«, sagt sie zornig, während sie im Laufschritt die Chaussee entlangeilen.

Natürlich weiß er, dass von Rosa Luxemburg und Karl Liebknecht die Rede ist, den Gründern des Spartakusbundes.

»Zurzeit hängen sie den beiden ja alles an, was in Berlin falsch läuft – sogar den verlorenen Krieg. Guck mal da«, sagt das Mädchen unvermittelt, bleibt abrupt stehen und deutet auf eine Litfaßsäule. »Wie aufs Stichwort!« Auf einem Plakat mit den Gesichtern von Rosa Luxemburg und Karl Liebknecht fordert die Bildunterschrift: »Rettet das Vaterland. Schlagt die Spartakisten tot!«

»Als wären wir im Wilden Westen!«, ruft Pippa empört aus und drückt ihm nun doch ihre Tasche in die Hand. Geschickt löst sie den oberen Rand des Plakats ab.

»Schleppst du eine Kanonenkugel in deiner Handtasche mit?«, fragt Pico, als das Gewicht der Tasche seinen Arm nach unten zieht.

Das Mädchen prustet los. Als hätte er den besten Witz seines Lebens gemacht. Auch er muss lachen.

Sie zieht das Plakat mit dem Mordaufruf in einem Rutsch herunter. Dann zerreißt sie es in kleine Schnipsel. Das macht sie sicher nicht zum ersten Mal.

»Kaum zu glauben, dass keiner etwas gegen diese feigen Mordaufrufe unternimmt. Eines Tages wird sich tatsächlich jemand finden, der die beiden erschlägt!«, sagt sie voller Zorn.

»Wen?«, fragt er zerstreut. Ihm ist gerade klar geworden, dass er noch nie in seinem Leben mit einem Mädchen einen Spaziergang gemacht hat. Schon gar nicht nachts.

»Na, Rosa und Karl!«

»Sind die beiden nicht auch selbst schuld an dem Hass, den sie auf sich ziehen? Stets und ständig rufen sie zum Kampf gegen Ausbeuter und Kapitalisten auf!«

»Umverteilung des Besitzes haben sie auch früher schon gefordert, ohne dass man sie deswegen gleich ermorden wollte.«

»Und wie erklärst du dir dann diese Plakate?«

»Ganz einfach damit, dass ihnen die Leute neuerdings in Massen zuströmen, wenn sie irgendwo öffentlich sprechen. Die Arbeiter hängen denen förmlich an den Lippen. Davor haben satte Bürger die größte Angst – dass sich ihre revolutionären Ideen wie eine ansteckende Krankheit verbreiten. ›Wie in Russland!‹, heißt es dann.«

Offensichtlich debattiert Pippa leidenschaftlich gern – wie Donna. Und wie Donna träumt auch sie den großen Traum von der Revolution.

Sie spricht von Brüderlichkeit und von Solidarität. Und darüber, was die Arbeiter alles erreichen können, wenn sie nur zusammenhalten. In ihrer Begeisterung für die neue Zeit ergreift sie seine Hand. Da kann er nur noch mühsam alldem folgen, was sie sagt.

Was wird das hier?, fragt er sich, während er ihre warme, feste Hand umklammert. Und kann kaum erwarten, dass es etwas wird. Scheu sieht er zu ihr herüber. Aus dem Augenwinkel sieht er, dass sie lächelt. Als sie seinen Blick spürt, macht sie sich los von ihm. Dreht auf der Straße eine schwungvolle Pirouette und greift dann wieder nach seiner Hand.

»Wie eine Ballerina!«, sagt er anerkennend.

»Ich bin im Zirkus groß geworden«, verkündet Pippa. Er weiß nicht, ob er ihr glauben soll. Sie hat so ein schelmisches Funkeln in den Augen.

»Ich kann auch ein paar Zirkuskunststücke!«, behauptet er, plötzlich übermütig geworden. »Ich kann besser auf meinen Händen laufen als manch anderer auf seinen Füßen.«

»Das will ich sehen!«, fordert sie ihn heraus.

Ach du liebe Güte. Vier Jahre hat er nicht mehr auf dem Kopf gestanden. Aber jetzt kann er nicht kneifen. Er stellt ihre Tasche ab und springt in den Handstand. Dann läuft er ein paar wackelige Schritte um sie herum. Sie klatscht vergnügt Beifall.

»Was kannst du noch?«

»Na, mit sieben Kartoffeln jonglieren, zum Beispiel.«

»Warum Kartoffeln?«, fragt sie und lacht. »Und dann gleich sieben auf einmal! Wer hat dir das denn beigebracht?«

»Der Hunger!«, erhält sie zur Antwort. Bereitwillig erzählt er ihr von früher. Wenn sie dem Vater in der Fabrik samstags mal wieder den Lohn nicht auszahlten, dann holte er seine Harmonika raus und zog mit Pico über die Dörfer, um für die Bauern Musik zu machen. Der Vater spielte beliebte Volkslieder und Schlager und der kleine, quirlige Junge machte Kunststücke dazu. Die Bauern hatten ihren Spaß daran, und immer kamen sie mit Brot und frischen Eiern nach Hause. »Die Kartoffeln durfte ich nach dem Jonglieren meist behalten«, sagt er lachend. »Je mehr in der Luft blieben, desto mehr durfte ich nach Hause tragen.«

»Wie bei mir«, sagt Pippa. »Je gewagter meine Kunststücke auf dem Hochseil waren, desto mehr Leute kamen in die Vorstellung! Wir haben manchmal Kopf und Kragen riskiert, um satt zu werden.«

Bevor er sie mehr über den Zirkus fragen kann, sind sie beim Bahnhof angekommen.

»Da ist die Bahn«, sagt Pippa. Ihr Lächeln ist verschwunden. In Gedanken ist sie schon weit weg.

»Ich könnte dich begleiten«, schlägt Pico vor. Aber Pippa schüttelt energisch den Kopf. Behutsam macht sie sich los. Für einen Moment scheint es, als würde sie zögern, aufzubrechen. Als würde sie gern noch bleiben. Doch dann wendet sie sich abrupt zum Gehen. »Warte«, ruft er ihr hinterher, »wo ...« Bevor er weitersprechen kann, ist sie schon wieder bei ihm und küsst ihn auf den Mund. Dann springt sie auf die gerade abfahrende Bahn auf und winkt ihm ein letztes Mal zu.

»Werden wir uns wiedersehen?«, ruft Pico ihr hinterher. Aber das hört Pippa schon nicht mehr. Die Straßenbahn ist längst um die Ecke gebogen. Pico steht am Gleis und fühlt sich so allein wie noch nie in seinem Leben. Die musst du ganz schnell wieder vergessen!, befiehlt er sich selbst. Aber dann stellt er fest, dass er immer noch ihre Tasche in der Hand hält. Vielleicht enthält sie ja einen Hinweis darauf, wo er Pippa wiederfinden kann? Ein Brief, der an sie gerichtet ist, ein Adressbüchlein. Irgendetwas dergleichen findet man in Frauenhandtaschen immer, sagt ihm seine Hotelerfahrung. Doch die Tasche enthält weder Briefe noch Büchlein. Von Taschentüchern oder einem Lippenstift gar nicht zu reden. Wie vom Donner gerührt bleibt er mitten auf dem Boulevard stehen. Entgeistert starrt er in Pippas Tasche. Aus der Ferne hört er das dumpfe Poltern schwerer Soldatenstiefel, die im Gleichschritt auf den Bahnhof zumarschieren. Da schließt Pico hastig die Tasche und eilt davon. Die rote Handtasche mit den sieben Pistolen und dem Munitionspäckchen mit 800 Schuss hält er dabei eng an sich gepresst.

Das Weihnachtsgeschenk für Donna hat er komplett vergessen.

DIE BÜRGERWEHR

Am nächsten Morgen wird er in dem düsteren Loch, in dem er nach dem Krieg untergekommen ist, davon wach, dass ihm etwas in die Seite sticht. Nachts hat er geträumt, sie wären mit Hunden hinter ihm her. Auf was hat er sich nur so hart gebettet? Als er die Tasche des Mädchens in seinem Strohsack ertastet, fällt ihm alles wieder ein. »Sieben Pistolen!«, flüstert er, und der Schreck macht ihn mit einem Schlag hellwach. Das Wasserglas auf dem Fensterbrett ist gefroren. Zitternd versucht er, seine klammen Finger zu wärmen. Heizmaterial wird er sich erst von seinem ersten Lohn leisten können.

Während ihm einfällt, dass er keine Eile an den Tag zu legen braucht, weil heute Weihnachten ist und er frei hat, wird es draußen laut. Wegen der Eiseskälte in seinem Zimmer hat er in voller Montur geschlafen. Er springt auf die Füße, öffnet vorsichtig die Tür und späht in den Flur.

»Sie kommen, sie kommen«, ruft ein schmutziges Kind mit dünnen Ärmchen schrill durchs Treppenhaus. Es ist der kleine Fips, der mit seinen acht Jahren immer mitten in der Nacht aufsteht, um beim Bäcker nebenan in der Backstube zu helfen. Unten wird mit einem lauten Krachen die Haustür eingetreten. »Hier ist die Bürgerwehr! Dieses Haus wird auf Waffen durchsucht! Alle Mann im Treppenhaus antreten!«

Die Pistolen, denkt Pico wie unter Strom gesetzt. Was mache ich jetzt mit Pippas Pistolen? Er schaut aus dem kleinen Fenster, das auf den Hof hinausgeht, versucht zu erkennen, was draußen geschieht. Unten stehen Posten in einer langen Kette. Sie haben das ganze Haus abgeriegelt. Keine Maus kann hier entkommen. Pico stürzt zurück ins Treppenhaus.

Als Erstes stolpert ein Junge über die Schwelle, der kaum älter sein kann als fünfzehn. Die Uniform ist ihm mindestens zwei Nummern zu groß. Die Ärmel hat er gleich mehrmals umkrempeln müssen. Offenbar hat ihm niemand beigebracht, wie man eine Waffe richtig hält. Danach kommt ein Fettwanst in einem alten Kutschermantel. Er hält sich am Treppengeländer fest. Ganz nüchtern ist der bestimmt nicht. Auch ein paar ehemalige Frontsoldaten in Uniform sind dabei. Einer hat sich mit Kreide ein Hakenkreuz auf seinen Helm gemalt.

Wohin mit Pippas Tasche? Pico blickt sich fieberhaft um. Den Strohsack unter der Bettdecke werden die Männer als Erstes filzen, wenn sie sich seine Wohnung vorknöpfen. Den Rest des Mobiliars hat sein Vormieter in dem wackeligen Ofen als Feuerholz verheizt. In der ganzen Wohnung gibt es kein anderes Versteck.

Entschlossen nimmt Pico die Tasche aus dem Strohsack, stopft sie hastig in seinen Tornister, wirft sich den Tornister auf den Rücken. Fährt in seine Stiefel. Nichts wie raus hier! Bloß nicht diesen Leuten in die Hände fallen! Sieben Pistolen! 800 Schuss Munition! »Nie und nimmer!«, flüstert er, »nie und nimmer lasse ich mich von diesen Kerlen mitnehmen!«

Vorsichtig beugt er sich übers Geländer im Treppenhaus, versucht herauszufinden, was im Erdgeschoss vor sich geht. Die Bürgerwehr hat noch vor Tagesanbruch zugeschlagen. Draußen ist es finster. Die Hausbewohner hatten eben noch tief und fest geschlafen. Aber jetzt stehen alle verschlafen und nur halb bekleidet auf den Türschwellen ihrer Wohnungen. Müde, ausgezehrte Menschen. Hinter ihnen kommen ihre Kinder zum Vorschein. Alle gleich dünn und schmutzig. Die Kleineren weinen. Die Männer stehen stumm und in mühsam unterdrückter Wut da. Die Frauen flüstern aufgeregt miteinander. Dicht gedrängt stehen die Bewohner im dunklen Hausflur und starren den Eindringlingen feindselig entgegen. Da ist kein Durchkommen, nicht mal für den schmächtigen Pico.

Die Männer der Bürgerwehr pochen laut gegen die wenigen Türen, die noch nicht geöffnet wurden. »Aufmachen! Sofort! Wenn ihr noch Waffen habt, gebt sie lieber freiwillig heraus! Wenn wir sie nachher bei euch finden, nehmen wir euch mit!«

»Zecken! Geschmeiß!«, grölt Picos Nachbar über das Treppengeländer nach unten. Ein unangenehmer Kerl, dem alle im Haus aus dem Weg gehen. Einer, der ständig Streit sucht. Auch jetzt gießt er mit seinen Beschimpfungen Öl ins Feuer.

Aus einer Wohnung im Erdgeschoss wird gehorsam ein Gewehr herausgetragen. Eine uralte, rostige Waffe, ein Jagdgewehr von anno Tobak. Die Mienen der Männer verfinstern sich noch weiter, als das Gewehr an ihnen vorbei zum Ausgang getragen wird. »Geh nach Hause zu Muttern!«, schnauzt ein Arbeiter den Grünschnabel an, den man dazu verdonnert hat, mit der rostigen Waffe das Spalier der Arbeiter entlangzuschreiten. Die Angst steht dem Jungen ins Gesicht geschrieben. Ein anderer Hausbewohner spuckt vor ihm auf den dreckigen Boden und ruft so laut, dass es alle mitbekommen: »Uns Arbeitern nehmt ihr die Waffen ab! Und als Nächstes richtet ihr sie dann auf uns und unsere Kinder!« Zustimmendes Gemurmel ist zu hören. Die Stimmung wird zunehmend bedrohlich.

Da zieht der Anführer der Truppe seine Waffe aus dem Holster. »Räumt sofort das Treppenhaus. Alle zurück in die Wohnungen. Sonst lasse ich schießen!«, brüllt er im Kommandoton. Alle spüren, der meint es ernst. Der Flur leert sich schnell. Aber dann wird in einer der Wohnungen plötzlich gesungen, in voller Lautstärke. Eigentlich ist es eher ein wütendes Grölen. »Wacht auf, Verdammte dieser Erde«, schallt es ins Treppenhaus. Und viele Stimmen fallen ein. Pico horcht auf. Er kennt das Lied von Donna. Sie hat es ihm früher gern vorgesungen. Aber nicht so, wie die Arbeiter es jetzt singen. Nicht so wütend. Nicht so aufbegehrend. Nicht so bedrohlich.

»Durchsucht die Wohnungen. Kehrt das Unterste zuoberst! Und wo Waffen versteckt sind: sofort verhaften! Wo sich Widerstand regt: schießen!« Der Offizier hat den Finger am Abzug seiner Waffe. Er ist auf alles gefasst. Aber die Leute singen nur. Nach jeder Strophe halten die Arbeiter mit ihrem Gesang kurz inne, wie um Luft zu holen. In diesen Pausen ist zu hören, wie in den engen Wohnungen Möbel umgeworfen werden, wie Geschirr auf dem Boden zerbricht, wie laut geschrien wird. Der Gesang im Haus wird von Strophe zu Strophe zorniger.

Es rettet uns kein höh'res Wesen,
kein Gott, kein Kaiser noch Tribun.
Uns aus dem Elend zu erlösen
können wir nur selber tun!

Die Männer der Bürgerwehr sind inzwischen auf dem Weg in die oberen Stockwerke. Gleich sind sie auf Picos Etage angekommen. Pippas Tasche lastet schwer auf seinem Rücken. Was hat er sich bloß eingebrockt! Hätte er doch die Pistolen einfach in die Spree geworfen!

»Verschwindet, ihr Zecken!«, brüllt Picos Nachbar mit zornesrotem Kopf dem Trupp entgegen, der mit lautem Gepolter die Treppe hochstampft. Er hält seine Schnapsflasche drohend in der Hand.

»Zurücktreten. Sofort!«, wird ihm befohlen. Zu Picos Erstaunen verschwindet der Querulant auch wirklich in seiner Wohnung. Aber nur, um im nächsten Augenblick mit einem Sturmgewehr im Türrahmen zu stehen und damit auf die Soldaten zu zielen. Es gibt ein lautstarkes Handgemenge. Die Posten, die draußen Stellung bezogen hatten, stürmen jetzt ins Haus, um ihren bedrängten Kameraden zu Hilfe zu kommen.

Pico macht sich das Chaos zunutze. Er schlüpft durch das Getümmel hindurch und macht sich durch die aus den Angeln getretene Eingangstür davon. Draußen steht niemand mehr, der ihn aufhalten könnte. Im Haus wird noch immer gesungen. »Heer der Sklaven, wache auf!«, hört er die Bewohner schreien, als er über den dunklen Hof verschwindet. Erst als mehrere Schüsse fallen, reißt der Gesang ab.

Da rennt er los. Er rennt und rennt, bis er kaum noch Luft bekommt. Als er in den Kurfürstendamm einbiegt, wo das Eden ist, verlangsamt sich sein Schritt. Ich muss diese verdammten Waffen loswerden, hämmert es in seinem Schädel. Aber wie? Wohin damit auf dem Kudamm? Zwischen all den piekfeinen Geschäften und Lokalen? Donna! Sie muss mir jetzt helfen!, beschließt er erleichtert. Wie gut, dass sie ganz in der Nähe wohnt! Na, die wird staunen, wenn sie sieht, was er ihr da als Weihnachtsgeschenk mitbringt.

BLUTWEIHNACHT

Als hätte er sie herbeibeschworen, kommt ihm Donna mit wehenden Mantelschößen an der nächsten Straßenecke entgegen. Um ein Haar wären sie zusammengestoßen.

»Komm mit!«, sagt sie ohne weitere Begrüßung und hastet eilig weiter. »Wir brauchen jetzt jeden Mann.«

»Donna! Was ist denn los?«

»Es ist so weit! Soldaten marschieren am Stadtschloss auf!« Sie wählt einen unbeleuchteten Weg durch den Tiergarten.

»Was willst du dann da? Da werden Schüsse fallen. Lass uns nach Hause gehen.«

»Die Vertrauensleute der Arbeiter haben sich abgesprochen. Wir werden die Revolution verteidigen. Der Plan ist, dass wir uns vor das Schloss stellen. Die Soldaten werden nicht auf die eigene Bevölkerung schießen. Jedenfalls nicht auf Frauen und Kinder.« Sie eilt mit schnellen Schritten weiter.

Er läuft ihr fluchend hinterher. Nur immer mitten rein in den brodelnden Hexenkessel! Na, großartig! Der schlechteste Ort, an dem man jetzt sein kann, wenn man als Zivilist Waffen bei sich trägt. Wenn er damit erwischt wird, dann gute Nacht, Marie.

Je näher sie dem Stadtschloss kommen, desto mehr Soldaten sind auf den Straßen. Der Tiergarten gleicht bereits einem Heerlager. Stahlhelme, so weit das Auge reicht. Schwere Geschütze, Maschinengewehre, Gewehre mit aufgepflanzten Bajonetten. Kaum ein Laut ist zu hören, trotzdem liegt eine gefährliche Spannung in der Luft. Werden die Soldaten tatsächlich den Stolz der Stadt zerstören? Über tausend prunkvolle Räume soll das Schloss der Hohenzollern haben. Vom Balkon hatte Kaiser Wilhelm immer zu seinem Volk gesprochen. »Ich kenne keine Parteien mehr«, hatte er gesagt. Pico hatte die Rede selbst gehört. »Wir sind heute alle deutsche Brüder und nur noch deutsche Brüder.« Das mit den »deutschen Brüdern« war schon vor dem Krieg ein Witz gewesen. Und jetzt schien damit endgültig Schluss zu sein. Den Kaiser waren sie Gott sei Dank los. In der Demokratie hatte man keine Verwendung mehr für den nutzlosen Kerl. Aber das schmucke Schloss sollte doch bittschön bleiben.

Als sie ankommen, ist das Schloss bereits weiträumig abgesperrt. Bisher sind nur wenige Arbeiter zu sehen. In kleinen Grüppchen stehen sie hinter den Barrikaden. Einzelne Rufe hört man: »Es lebe die Revolution!« Vor dem schmiedeeisernen Tor werden Geschütze in Stellung gebracht. Auf der Schlossbrücke richten Soldaten ein schweres Maschinengewehr auf das Schloss aus. Der Atem der Männer liegt wie Nebelschwaden in der kalten Luft. Pico und Donna stellen sich hinter die Absperrungen in der Nähe der Brücke.

Auch Donna ruft jetzt laut: »Es lebe die Republik!« und »Es lebe die Revolution!«

Im Moment verhandeln beide Seiten noch, ist zu hören. Anscheinend ergebnislos. Eine Patrouille verlässt gerade den Maschinengewehr-Posten der Matrosen am Brunnen vor dem Schlossportal. Einer der Offiziere dreht sich noch einmal um und brüllt zu den offenen Fenstern hoch: »Wir geben Ihnen noch zehn Minuten Zeit, das Gebäude zu räumen! Dann eröffnen wir das Feuer.«

»Ein Ultimatum von zehn Minuten!«, schnaubt Donna. »Das ist ja wohl ein Witz!«

Das Maschinengewehr auf der Brücke ist in Stellung gebracht. »He, ihr da drüben!«, bricht es plötzlich aus Donna heraus. »Wollt ihr wirklich auf eure eigenen Landsleute schießen?« Die Soldaten auf der Brücke schauen kurz auf, wenden sich dann aber wieder ihrem MG zu. »Hier stehen auch Frauen und Kinder!«, brüllt Donna. Die Soldaten auf der Brücke zeigen keine Regung. Hören sie Donna überhaupt zu? »Die ganze Stadt sieht zu, wenn ihr das Feuer auf sie eröffnet!« Und gerade als Pico zu ihr sagen will: Das bringt doch nichts!, lässt einer der Soldaten die Patronengurte, die er aus der Munitionskiste genommen hat, auf das Pflaster fallen. Dann rennt er in Richtung Unter den Linden davon. Auch zwei seiner Kameraden suchen in der Dunkelheit das Weite.

Ein Offizier ist auf Donna aufmerksam geworden. Er baut sich drohend vor ihr auf: »Macht, dass ihr fortkommt! Augenblicklich!«, herrscht er sie wütend an.

»Lass uns hier verschwinden, Donna«, fleht Pico und zieht an ihrem Mantel.

Aber Donna lässt sich nicht beirren. Sie fasst den Leutnant beschwörend beim Arm. »Du bist Soldat geworden, um das Vaterland zu verteidigen. Und jetzt lässt du unser schönes altes Schloss in Schutt und Asche legen. Nennst du das Verteidigen?«

Der Offizier lässt sich nicht im Geringsten beeindrucken. Er winkt zwei Soldaten heran. »He, ihr da! Festnehmen, die beiden! Und durchsucht sie nach Waffen!«, ruft er ihnen hinterher.

Im gleichen Augenblick rattert das erste Geschütz los. Das Ultimatum ist abgelaufen.

»Verdammt«, flucht Pico, als sie unsanft zu einem vergitterten Wagen gezerrt werden. Seine Beine fangen an zu zittern. Gleich werden sie die Waffen bei ihm finden! Hilfesuchend sieht er sich zu Donna um. Dabei fällt sein Blick auf das Schloss. Genau in dem Moment schlägt die erste Salve in der Schlossfassade ein. 10,5-Zentimeter-Granaten! Wie im Krieg! Zwischen den Fenstern im ersten Stock klafft ein riesiges schwarzes Loch. Als Nächstes wird der Balkon in Trümmer gelegt, auf dem der Kaiser seine Reden hielt. Der Anblick der Zerstörung lässt keinen Berliner kalt. Auch die Männer, die sie abführen, werden bleich. Ohne sie nach Waffen zu durchsuchen, stoßen sie Donna und Pico in den Wagen. Gestank nach saurem Schweiß und Urin umfängt sie. Dann fällt die eiserne Tür mit einem Krachen zu.

»Keine Sorge, Jungchen. Morgen sind wir wieder frei«, sagt Donna beschwichtigend, als sie Picos besorgtes Gesicht sieht. »In diesen Zeiten ist ein Aufenthalt im Gefängnis für jeden anständigen Menschen eine Auszeichnung.«

Sie lugt durch die vergitterten Fenster des Wagens heraus. Aber was draußen passiert, ist nicht zu erkennen. Von allen Seiten wird jetzt geschossen. Pulverdampf liegt beißend in der Luft.

»Am 9. November war die Welt noch in Ordnung«, sagt Donna und macht es sich, so gut es geht, auf der hölzernen Bank bequem. »Da stand ich da vorne im Schlosshof und Karl Liebknecht hat vom Balkon die sozialistische Republik ausgerufen. Genau von da, wo sonst der Kaiser seine Reden geschwungen hat! Liebknecht war gerade erst aus dem Gefängnis entlassen worden. Jedes Wort, was er damals sagte, weiß ich noch!« Donna schließt die Augen und spricht das, was Liebknecht gesagt hat, mit lauter Stimme nach: »Parteigenossen, ich proklamiere die freie sozialistische Republik. In der es keine Knechte mehr geben wird, in der jeder ehrliche Arbeiter den ehrlichen Lohn seiner Arbeit finden wird. Hoch die Freiheit und das Glück und der Frieden.« Sie öffnet die Augen.»Hüte flogen in die Luft, rote Fahnen wurden geschwenkt und eine Welle der Begeisterung erfasste alle.«

An der Tür des eisernen Wagens wird der Riegel zur Seite geschoben. Drei Arbeiter werden in den Gefängniswagen gestoßen.

»Was ist da draußen gerade los?«, fragt Pico die Neuankömmlinge.

»Die Matrosen leisten erbitterten Widerstand. Die Truppen kommen nicht mal in die Nähe!«, erfahren sie. »Aber dreißig Matrosen stehen etwa tausend Mann mit schweren Geschützen gegenüber.«

»Wenn der Sturm erst richtig losgeht, werden die Matrosen nicht lange durchhalten können«, meint Donna sorgenvoll.

»Was für Truppen sind das eigentlich? Weiß man da etwas Genaueres?«, fragt Pico.

»Da draußen sind 900 Mann der Garde-Kavallerie-Schützen-Division versammelt«, sagt einer der Arbeiter. Pico hat von der Division schon gehört. Das sind Elitesoldaten. Bei der Rückkehr von der Front durfte dieser Verband als Erster durch das Brandenburger Tor marschieren. Jetzt machen ihre Freikorpstruppen Krieg im eigenen Land. Der Mann spuckt aus, als hätte er einen bitteren Geschmack im Mund. »Diese Männer wurden zu Kampfhunden gegen Arbeiter und Matrosen abgerichtet. Von einem Offizier, den wir nicht unterschätzen sollten: Generalstabsmajor Waldemar Pabst ist der Anführer der Bande.«

»Für einen wie Pabst sind Arbeiter, die für gerechten Lohn kämpfen, Verräter am Vaterland. Und mit ›Verrätern‹ macht er kurzen Prozess. Wenn er könnte, würde er sämtliche Arbeiterführer am nächsten Baum aufhängen lassen«, fügt sein Nebenmann hinzu.

»Pabst?«, fragt Donna nach. »Klingt nach Gottes Stellvertreter auf Erden.«

»Fast«, antwortet der Arbeiter, der zuerst gesprochen hat, ernst. »Zumindest hier in Berlin ist er gerade dabei, zum mächtigsten Mann zu werden.«

»Und das Bitterste an allem ist: Es war die Regierung Ebert, die die Soldaten zu Hilfe gerufen hat«, poltert der dritte Mann, der bis jetzt schweigend danebengesessen hat.

Donna sieht den alten Arbeiter ungläubig an. »Das kann nicht sein«, sagt sie dann fest. »Die Regierung macht nie und nimmer mit der Gegenrevolution gemeinsame Sache.«

»Doch! Die Freikorps, die da draußen stehen, sind von Ebert persönlich bei der Obersten Heeresleitung angefordert worden.«

Donna wird kreidebleich.

»Die Regierung hat die Arbeiter und Matrosen verraten«, sagt der Mann finster. »Damit müssen wir uns abfinden.«

»Wer hat uns verraten?«, wirft einer der anderen Arbeiter in die Runde und sieht dabei seine beiden Kollegen auffordernd an. »Sozialdemokraten!«, geben die beiden anderen zornig zur Antwort. »Das rufen in Berlin doch schon die Kinder!«

Eine Weile sagt niemand etwas. »Hört ihr das auch?«, fragt Donna und lauscht angestrengt.

Der Gefechtslärm überdröhnt alles. Aber jetzt ist es laut und deutlich zu hören: In der Ferne schrillen Sirenen.

»In allen Fabriken läuten sie Sturm! Das bedeutet, dass sämtliche Belegschaften auf dem Weg zum Schloss sind. Noch haben wir hier nicht verloren«, sagt der alte Arbeiter und springt auf, um aus dem Fenster zu schauen.

Das Sperrfeuer am Schloss klingt immer erbitterter. Von den heftigen Einschlägen vibriert der Wagen. Dann, von einem Moment auf den anderen, verstummt das Bellen der Maschinengewehre. Draußen ist es still geworden. So still, dass man die Uhr des nahen Doms schlagen hört.

»Zehn Uhr!«, zählt Donna angespannt mit und haucht nervös in ihre kalten Hände.

»Was ist da draußen los?«, ruft der Alte durch die Luke den Bewachern zu.

»Im Moment ist eine kurze Waffenruhe, damit sich Frauen und Kinder in Sicherheit bringen können. Danach wird gestürmt und wir machen die Matrosen kalt«, erhält er zur Antwort.

Weitere Gefangene werden unsanft in den Wagen gestoßen. »Rückt schon mal enger zusammen! Gleich kriegt ihr noch mehr Gesellschaft«, kündigen die Soldaten an.

»Das Gebiet ums Schloss ist schwarz von Menschen«, erfahren sie von den Neuen. »Einige der Arbeiter haben die Absperrungen durchbrochen und versuchen, den Geschützbesatzungen ins Gewissen zu reden. Aber ohne Waffen können sie gegen diese Übermacht nicht viel ausrichten.«

»Das war's dann also«, meint der Arbeiter, der ihnen von Eberts Verrat berichtet hat, bitter.

Pico zieht Donna in eine Ecke des Wagens. Er öffnet seinen Tornister und lässt die Handtasche aufspringen. »Wenn sie mich damit erwischen«, flüstert er rau, »stellen sie mich an die Wand!«

Donna starrt überrascht auf die Waffen. »Heiliger Bimbam! Wie bist du denn an die gekommen?« Als er ihr leise von dem Mädchen erzählt, verdunkeln sich ihre Augen.

»Eine schwarze Katze!«, sagt sie, als er fertig ist.

»Schwarze Katze?«, wiederholt Pico und sieht sie fragend an. »So nennt man die Waffenkuriere der Revolutionäre.« Pico schnappt sich eine der Pistolen und lädt das Magazin. Dieses Modell kennt er aus dem Krieg. Sogar im Schlaf könnte er eine Luger bedienen.

»Ich haue ab! Wenn sie das nächste Mal kommen, springe ich raus!« Er entsichert die Waffe und stellt sich vor die Tür. Seine Nerven sind bis aufs Äußerste gespannt.

Als der Riegel schließlich zur Seite geschoben wird, hätte er mit allem gerechnet, nur nicht damit, dass der baumlange, breitschultrige Mann, auf den er die Waffe richtet, in schallendes Gelächter ausbricht. »Willst du mir zum Dank, dass ich dich hier raushole, die Siegesfeier versauen? Oder was hast du mit dem Ding da vor?«, fragt der Matrose dann seelenruhig.

»Ihr habt die Truppen besiegt?«, fragt Pico ungläubig und lässt die Pistole sinken.

»Mit Hilfe der Arbeiter. Wären die nicht gekommen, wäre das Schiff mit Mann und Maus gesunken.«

Während die anderen Gefangenen eilig das Weite suchen, stopft der Matrose in aller Gemütsruhe seine Pfeife und schiebt sie sich in den Mundwinkel. Dann lässt er sich auf den Stufen des Wagens nieder und fängt an zu erzählen: »Im Laufe des Vormittags sind es immer mehr geworden. Habt ihr die Fabriksirenen gehört? Aus ganz Berlin sind sie zum Schloss gekommen!«, berichtet er und deutet auf das Trümmerfeld auf dem völlig zerstörten Schlossplatz. Ungläubig starrt Pico das eben noch so hochherrschaftliche Schloss an. Der Balkon des Kaisers hängt zerfetzt herunter. Eine der Säulen liegt zertrümmert am Boden. Sämtliche Fensterscheiben sind zerschossen, die Fensterkreuze hängen schief. Aus dem offenen Gebäude quillt Rauch. Die Fassade ist durchlöchert wie ein Schweizer Käse.

»Um zehn Uhr, während der Waffenruhe, haben die Leute aus den Betrieben die Absperrungen durchbrochen und die Soldaten überredet, die Seite zu wechseln. Oder eben verprügelt. Eins von beidem. Was leichter ging. Und plötzlich wollten die einfachen Soldaten den Offizieren nicht mehr gehorchen. Am Ende waren sie dann doch nicht bereit, auf die Frauen und Kinder zu schießen, die sich mit den Arbeitern vor das Schloss gestellt hatten.«

»Da will man ja fast wieder ans Christkind glauben«, sagt Donna zufrieden. Der Matrose entdeckt sie erst jetzt auf ihrem Platz im Inneren des Wagens. »Beim Klabautermann«, knurrt er mit einem breiten Grinsen, »was für 'ne Nixe ist mir denn da ins Netz gegangen?«

»Donna!«, stellt sie sich vor.

Er tippt an seine Mütze. »Mich schimpft man Smutje. Weil ich sagenhaft gut kochen kann. Und nicht nur in der Kombüse.«

»So, so!«, meint Donna dazu. Und fügt mit einem klitzekleinen Lächeln an: »Ich kriege gerade mächtig Appetit.«

Und eigentlich ist die Sache da schon klar. Jedenfalls wundert es Pico nicht, dass er Smutjes riesigen Überseekoffer, mit dem der Kieler Matrose sechs Wochen zuvor nach Berlin gekommen war, wenig später in Donnas Wohnung stehen sieht.

JANUARAUFSTÄNDE

»Wach ich oder träum ich?«

»Nee, das ist tatsächlich ein Panzer!«, sagt Donna und gibt Pico Feuer.

Mit allem hätte er gerechnet. Aber doch nicht damit, dass mal ein Panzer mitten auf dem Kurfürstendamm steht. Genau vor dem Eden. Vor dem Eingangsportal stehen Posten. Jeder, der ins Hotel will, wird streng kontrolliert.

»Der Pabst ist angereist. Mit seinem ganzen Gefolge«, erklärt Donna dem ahnungslosen Pico, als sie kurz vor Beginn seiner Abendschicht an der Laterne zusammenkommen.

Der Pabst? Für einen Augenblick versteht Pico nur Bahnhof. Dann dämmert es ihm. »Der Pabst ist im Eden einquartiert? Der Mann, der Weihnachten das Schloss kaputtgeschossen hat?«

»So sicher wie das Amen in der Kirche«, erhält er zur Antwort.

»Der ist nicht gekommen, um auf unserem Dachgarten Golf zu spielen, nehme ich mal an«, stellt Pico stirnrunzelnd fest.

»Wohl kaum. Und beim Fünf-Uhr-Tanztee wirst du ihn auch nicht übers Parkett schieben sehen«, sagt Donna seufzend.

Keine Frage, Waldemar Pabst, Generalstabsoffizier der Garde-Kavallerie-Schützen-Division, ist von der Regierung damit beauftragt worden, vom Eden aus die Aufstände in Berlin niederzuschlagen. Inzwischen hatten sich Tausende Soldaten bereit erklärt, unter seinem Kommando zu kämpfen. Pabst ist zur treibenden Kraft der Gegenrevolution geworden.

»Das Hauptquartier von Pabsts Garde ist seit heute Vormittag direkt über dem Eingang«, sagt Donna und deutet auf den ersten Stock des Hotels. »Da, wo der Balkon ist. Jetzt soll es der Revolution endgültig an den Kragen gehen!«

Die Januaraufstände waren die blutigsten seit dem Matrosenaufstand in Kiel im November gewesen. Die Unruhen fingen am 5. Januar mit einer Massendemonstration von Arbeitern an, die mit der Lage in Berlin unzufrieden waren. Die wenigen Mitglieder der Regierung, die noch Rückhalt bei den Arbeitern besaßen, hatten nach den Ereignissen am Schloss frustriert ihren Rücktritt erklärt. Seit der Blutweihnacht war das Vertrauen der Arbeiter in die Regierung zerbrochen. »Bruderverräter regieren das deutsche Volk. Brudermörder!« – so drückte es Karl Liebknecht aus. Immer mehr Unzufriedene schlossen sich dem Protest an.

Natürlich war auch Donna unter den Demonstranten gewesen. »Ach Jungchen, wir waren so viele wie noch nie. Jetzt machen wir Revolution. Jetzt bringen wir sie zu Ende! Wer soll uns aufhalten?, sagten wir zueinander. Ein Meer von roten Fahnen zog auf den Alexanderplatz zu. Brot und Frieden – die Sprechchöre hörten gar nicht mehr auf. Eine halbe Million Menschen war auf den Beinen. Karl Liebknecht war an diesem Tag bereit, aufs Ganze zu gehen und nach der Macht zu greifen. Er hielt mitreißende Reden. ›Kampf bis zum letzten Atemzug!‹, rief er uns zu. Und an dem Tag waren wir alle dazu bereit, unser Schicksal selbst in die Hand zu nehmen. Aber dann, am nächsten Tag, da zerplatzte der Traum wie eine Seifenblase. Stundenlange Verhandlungen begannen. Es passierte nichts, nichts und wieder nichts. Irgendwann war die Luft raus, die Begeisterung verflogen. Am Abend gingen alle Arbeiter nach Hause. Am nächsten Tag kamen schon viel weniger Demonstranten. Und nur ein radikales Grüppchen hat noch tagelang Randale gemacht.«

»Ja, und dann lief es wie Weihnachten am Schloss: Die Regierung Ebert ließ Soldaten aufmarschieren«, sagt Pico, der wie jeder in Berlin die Entwicklung besorgt verfolgt hat.

»Stimmt«, sagt Donna. »Nur waren die Truppen dieses Mal bereit, auf ihre Landsleute zu schießen. Die aufständischen Arbeiter hatten keine Chance, davonzukommen, denn die Soldaten hatten schweres Geschütz aufgefahren. Sie haben die Arbeiterviertel durchkämmt und jeden Widerstand brutal erstickt. Sogar als sich gar kein Widerstand mehr regte, haben sie noch Leute erschossen. 156 Tote!«

Pico zieht eine Ausgabe der *Roten Fahne* aus der Tasche, der von Rosa Luxemburg und Karl Liebknecht gegründeten Zeitung: »Wären die Arbeiter bewaffnet gewesen, hätten sie sich wohl nicht anders verhalten!«, sagt er. »Beide Seiten setzen auf Gewalt, um an die Macht zu kommen. Sieh es dir selbst an!« Er hält Donna die Zeitung hin. ›Wer sich dem Sturmwagen der Revolution entgegenstellt, wird mit zertrümmerten Gliedern am Boden liegen!‹«, liest er aus einem Artikel von Rosa Luxemburg vor.

Donna überfliegt den Zeitungsartikel mit gerunzelter Stirn.

»Wenn du mich fragst – das geht zu weit«, sagt Pico fest.

»Das Ganze hat sich von beiden Seiten ganz schön hochgekocht!«, räumt Donna ein. »Aber der Unterschied ist: Die Revolutionäre schreien nach Waffen. Die Gegenrevolutionäre haben sie. Und sie haben keine Skrupel, mit ihren Kanonen auf rote Spatzen zu zielen.«

Die Stimmung in Berlin hat während der Januarunruhen tatsächlich den Siedepunkt erreicht. Die Stadt gleicht einem brodelnden Hexenkessel. Zahllose Gerüchte kursieren. Kaum einer weiß, was wahr ist und was erfunden. Nackte Angst geht um.

»Gewalt ist keine Lösung, Donna. Gewalt führt nur zu neuer Gewalt. Glaub mir, ich weiß, wovon ich rede. Mit sechzehn bin ich freiwillig in den Krieg gezogen. Ich hab genug Menschen krepieren sehen. Das Einzige, was ich will, sind stabile Verhältnisse.«

»Stabile Verhältnisse«, schnaubt Donna und gibt ihm die Zeitung zurück. »Die hast du nur auf dem Friedhof! Oder im Gefängnis! Du wirst es erleben: Nicht mehr lange, dann werden in Berlin wieder alle eingesperrt, bei denen das Herz zu weit links schlägt. Wie zu Kaisers Zeiten.«

»Wenn es tatsächlich so kommt, dann wird auch Rosa Luxemburg wieder Gefängnisluft schnuppern müssen. «

»Im Gefängnis wäre sie wenigstens sicher«, antwortet Donna trocken.

Die Hetze gegen Rosa Luxemburg und Karl Liebknecht nimmt immer haarsträubendere Ausmaße an. Inzwischen haben Unbekannte 100 000 Reichsmark Kopfgeld auf die Ergreifung von der Politikerin ausgesetzt. Die Spartakistenführer müssen sich verstecken, schlafen jede Nacht an einem anderen Ort.

»Wenn deine Rosa den falschen Menschen in die Hände fällt, dann hat ihr letztes Stündlein geschlagen!«

»Mach dir mal keine allzu großen Sorgen um die Rosa, Jungchen. Die ist zäh«, sagt Donna überzeugt.

Pico zündet sich eine neue Zigarette an. Eine Weile stehen sie schweigend beieinander. »Wie steht es mit Smutje?«, fragt er schließlich mit schiefem Grinsen. »Kocht er wirklich so gut?«

Aber Donna bleibt ernst. »Die Regierung will die Matrosen endgültig loswerden. Die wollen sich nicht mehr von ihnen beschützen lassen. Weil die Blaujacken nicht nach Eberts Pfeife tanzen. Es war Smutjes Division, die das Preußische Abgeordnetenhaus geschützt hat, als Rosa und Karl dort diese neue Partei gegründet haben. Die Spartakisten nennen sich jetzt Kommunisten – hast du schon davon gehört?«

Pico nickt. Neue Parteien schießen geradezu wie Pilze aus dem Boden. Was an den Wahlen, die für Januar angesetzt wurden, liegt.

»Ihr Quartier im Schloss werden Smutje und seine Kameraden jetzt bald räumen. Stattdessen ziehen die Matrosen in ein Vereinshaus der Marine am Märkischen Ufer ein. Bis auf Smutje – der findet es wohl bei mir gemütlicher.« Jetzt muss auch Donna endlich mal wieder lachen.

»Ich möchte zu gern wissen, wo Pippa steckt«, sagt Pico leise. »Kannst du dich nicht mal ein bisschen umhören?«

Donna wirft ihre Kippe in den Rinnstein. Warum antwortet sie denn nicht? Schließlich sagt sie schroff: »Wenn du weiter nach ihr suchst, bringst du sie in Gefahr. Am besten, du vergisst das Mädchen.«

Pippa vergessen? Das kann er nicht, und das will er auch nicht. Dieses Mädchen begleitet ihn seit ihrer Begegnung vor der Oper in seinen Tag- und Nachtträumen. Wenn er an Pippa denkt, wird ihm leicht ums Herz. Er wirft Donna einen raschen Blick zu. Ob sie weiß, wie es um ihn steht? Ahnt sie, dass die langen Spaziergänge, die er nach der Arbeit unternimmt, einzig dem

Zweck dienen, Pippa wiederzufinden? Kreuz und quer durchstreift er die Straßen Berlins. Begegnet dabei verkrüppelten Kriegskameraden, die betteln müssen oder in vorgeschnallten Bauchläden Schnürsenkel verkaufen. Am schlimmsten dran sind die Kriegszitterer, deren Körper nicht aufhören zu zucken, weil sie nicht vergessen können, was sie im Krieg erlebt haben. Als Simulanten werden sie verspottet. Als Rentenbetrüger. Sie sind die ärmsten Hunde von allen. Auch wenn er wie durch ein Wunder heil aus dem Krieg zurückgekehrt ist und gute Arbeit mit vernünftigem Lohn hat manchmal kommt es Pico so vor, als habe er sein Glück gar nicht verdient.

»Sperr während deiner Schicht im Hotel schön deine Löffel auf. Vielleicht schnappst du ja etwas davon auf, was Pabst und seine Leute im Schilde führen. Dann können wir die Genossen vielleicht noch rechtzeitig warnen.«

Pico tippt sich an die Mütze und überquert die Straße. Er ist froh darüber, dass im Eden alles anders ist als auf den Straßen. Die Geräusche sind gedämpfter, die Gäste wie aus einer anderen Welt. Elegant gekleidet, reich, sorglos. Die raue Wirklichkeit bleibt ausgesperrt. Als er sich im Personalraum seinen maßgefertigten schwarzen Kellneranzug überstreift, überkommt ihn ein Gefühl von Dankbarkeit. Der prüfende Blick in den Spiegel zeigt ihm, dass der makellose dreiteilige Anzug wie angegossen sitzt. Nur die Fliege muss er noch einmal neu binden. Seine schwarzen Halbschuhe hat er bereits am Abend zuvor auf Hochglanz gebracht. Zum Schluss kämmt er mit etwas Brillantine sein widerspenstiges dunkles Haar zurück. Er erkennt sich selbst kaum wieder, wenn er sich so schnieke im Spiegel sieht. So, fertig. Er ist bereit für eine neue Schicht im Paradies.

DIE ROTE ROSA

»Ja, das hast du richtig gehört!«, sagt der Bartender, als Pico sich pünktlich um 17 Uhr zum Dienst meldet. »Hauptmann Pabst hat die gesamte erste Etage des Hotels in Beschlag genommen. Er regiert seine Leute vom Kleinen Salon aus. Und er schätzt unsere Cocktails. Früher oder später wirst du ihm garantiert einen davon servieren.«

Zunächst tut sich jedoch nichts. Die Offiziere verhalten sich ruhig. Im ersten Stock gibt es stundenlange Lagebesprechungen. Aber dann überschlagen sich plötzlich die Ereignisse. An der Bar bricht von einem Augenblick auf den anderen Hektik aus.

»Los, Pico, Champagner, ich habe eine Bestellung für neun Flaschen! Karl Liebknecht ist ins Hotel gebracht worden! Irgendeine übereifrige Bürgerwehr hat ihn gefangen genommen und hier abgeliefert. Jetzt lassen sie oben die Korken knallen!«

Pico starrt den Bartender mit offenem Mund an. Liebknecht! Im Eden! Das wird Donna interessieren! Was bedeutet das für die Lage in Berlin? Doch ihm bleibt keine Zeit zum Nachdenken, denn nun geht es Schlag auf Schlag. Die Bar füllt sich mit aufgeregten Gästen. Die Kellner kommen mit den Bestellungen kaum hinterher. Als Pico mit einer Flasche Champagner im Sektkühler durch die Hotelhalle hastet, erwartet ihn der nächste Schock.

»Schlagt sie tot!«, brüllt ein Offizier, als eine kleine, untersetzte Frau von Soldaten durch die Drehtür in die Hotelhalle gestoßen wird. »Stopft ihr das Maul«, geifert ein anderer. »Rosa,

du alte Hure!« überdröhnt ein Bass jetzt das Stimmengewirr.
»Endlich haben wir dich!« Da weiß Pico, wen die Soldaten gerade ins Hotel zerren.

»Ja, bravo«, applaudiert ein gutgekleideter Gast. »Machen sie die polnische Unruhestifterin endlich mundtot!« »Es wird ausgehen wie immer!«, schimpft ein anderer. »Diese Terrorbande kommt wieder frei. Das kennt man doch schon!« »Mein Herr«, sagt einer der Offiziere in schneidiger Manier. »Sie können beruhigt sein. Die Stunde der Abrechnung ist gekommen. Den beiden wird heute das Maul gestopft.«

Aufgeregtes Stimmengewirr ertönt. »Die Bande darf das Eden nicht lebend verlassen«, brüllt ein Mann immer wieder. Wie eine kaputte Grammofonplatte. Nicht lebend verlassen, nicht lebend verlassen – dieser Satz brennt sich Pico ein. Er versucht, sich einen Weg durch das Gedränge in der Eingangshalle zu bahnen. Aber es ist kein Durchkommen. Schließlich bringt er die Champagnerflasche hinter der Rezeption in Sicherheit. Von dort beobachtet er, wie Rosa Luxemburg von ihren Bewachern zur Treppe gestoßen wird. Sieht, wie die dunkel gekleidete Frau mühsam die Stufen hochgeht. Donna hatte davon gesprochen, dass sie als Kind an der Hüfte operiert worden war. Das Treppensteigen fällt ihr sichtlich schwer. Der Saum ihres Kleides ist heruntergerissen. Blass ist sie. Und müde. Und doch scheint sie völlig unbeeindruckt von dem Gekeife der aufgehetzten Hotelgäste. »Volksverräterin!«, zischt es ihr hinterher. Aber sie streicht sich nur eine Haarsträhne aus der Stirn.

Auch wenn er gern herausfinden würde, was jetzt dort oben im ersten Stock geschieht – Pico muss den bestellten Champagner servieren. Der Meister wird schon wieder nach ihm gerufen haben.

»Was soll schon groß mit den Herrschaften geschehen«, sagt der Bartender, als er ihm von den Geschehnissen in der Halle berichtet. Außer Rosa Luxemburg und Karl Liebknecht ist noch ein weiterer Kommunist namens Wilhelm Pieck vor Hauptmann Pabst gezerrt worden. »Wahrscheinlich bringt man sie ins Gefängnis nach Moabit. Dort werden sie dann so lange eingesperrt, bis auf den Straßen wieder Ruhe eingekehrt ist.« Wie die Gäste des Eden hat auch der Meister der Cocktails kein Problem damit. »Und das geschieht ihnen ganz recht. Sieh dir doch mal an, wie die roten Brüder Berlin aufgemischt haben. Solange Leute wie Rosa Luxemburg ihr Maul aufreißen, herrscht hier Mord und Totschlag.«

Der Bartender wendet sich wieder seiner Arbeit zu.

Auch die Gäste, die eben noch sensationsgierig im Foyer standen, treffen nun nach und nach in der Bar ein. Ein dicker Mann mit Goldkette vor dem Bauch lässt sich schwer atmend auf einen Barhocker plumpsen. »Champagner!«, ruft er hitzig. »Gleich eine ganze Flasche! Den besten, den Sie haben!« Das erste Glas stürzt er durstig herunter. Als Pico ihm nachschenkt, sagt er in vertraulichem Ton: »Wenn Hauptmann Pabst Deutschland liebt, lässt er die Rote Rosa nicht entkommen. Prost!« Er lockert seine Seidenkrawatte, zückt erregt eine Ausgabe der *Roten Fahne* und erhebt sich. »Meine Damen und Herren! Lassen Sie mich aus gegebenem Anlass hier einmal die gestrigen Worte der Luxemburg zu Gehör bringen!« Schnell hat er ein großes Publikum. Mit dramatischer Stimme liest er vor: »›Ihr dumpfen Schergen! Eure Ordnung ist auf Sand gebaut. Die Revolution wird sich morgen schon rasselnd wieder in die Höh' richten und zu eurem Schrecken mit Posaunenklang verkünden: Ich war, ich bin, ich werde sein!‹«

Seine Zuhörer lassen ihrer Empörung freien Lauf. »Unverschämtheit! Aufruf zu Gewalt! Hetzerin! Von den Russen bezahlt!«, hört man aus den aufgeregten Zwischenrufen heraus.

»Ich sage es ganz deutlich«, sagt der Dicke, während er die Zeitung angewidert zerknüllt: »Die Männer, die Rosa Luxemburg in ihrem Rattenloch ausfindig gemacht und hier abgeliefert haben, die haben sich den Dank des Vaterlandes verdient. Ich erhebe mein Glas auf sie. Prost!«

»Das war die Wilmersdorfer Bürgerwehr!«, schreit eine Dame mit schriller Stimme.

»Ein Hoch auf die Wilmersdorfer Bürgerwehr«, stimmen die Gäste ein. »Sie lebe hoch – hoch – hoch!« Die Gläser klingen.

Ein eleganter, junger Herr mit Knickerbockerhose tritt aufgebracht vor. »Ihr trinkt hier auf eine Bande Halunken, die das Recht mit Füßen tritt! Das, was die Bürgerwehr getan hat, ist Freiheitsberaubung! Es lag ja noch nicht einmal ein Haftbefehl gegen Rosa Luxemburg und Karl Liebknecht vor!« Noch bevor er ganz ausreden kann, schreit man ihn empört nieder. Der Herr verlangt augenblicklich seine Garderobe. »Die Rechnung, bitte! Im Eden bin ich die längste Zeit Gast gewesen!« Geschlossen stehen auch die sonst so gut aufgelegten Herren vom Künstlertisch auf. Eine junge Frau dreht sich zu den Gästen um und sagt empört: »Heute sperrt ihr die Kommunisten ein, morgen die Juden. Und übermorgen alle, die euch sonst noch gegen den Strich gehen.« Auch sie wird niedergeschrien. Reglos steht sie da. Dann fügt sie leichenblass an: »Wenn wir zulassen, dass unschuldige Menschen verfolgt werden, dann trifft es irgendwann auch uns selbst. Und dann ist keiner mehr in Freiheit, der seine Stimme für uns erheben kann.«

Die kleine Gruppe geht hinaus. Und sie sehen nicht so aus, als würden sie so schnell zurückkommen.

Die Klingel an der Bar schrillt laut und vernehmlich. »Pico!« Der Meister winkt ihn ungeduldig herbei. Er stellt einen perfekt gemixten Cocktail auf ein silbernes Tablett und schiebt es Pico über den Tresen zu. »Der Cobbler ist für den Kleinen Saal im ersten Stock. Du weißt, wer dort Quartier genommen hat – also beeil dich lieber! Die Herren da oben haben es gern ein bisschen zackig. Und danach machst du dann Feierabend.«

Woher das Eden wohl die Erdbeeren für den Cobbler hat?, fragt sich Pico. Erdbeeren im Januar! Während die Menschen draußen stundenlang für Brot und ein paar Kartoffeln anstehen. Aber im Eden war schon immer alles etwas anders.

DAS VERHÖR

»Hier entlang!«, sagt einer der Offiziere, als Pico mit seinem Tablett den Korridor entlangkommt. »Hauptmann Pabst behauptet immer, dass die Cocktails der Eden Bar alles in den Schatten stellen! Sie werden schon erwartet.« Er öffnet für Pico die Tür zum Kleinen Saal. Als er in den Raum tritt, steht er unvermittelt vor ihr: vor Rosa Luxemburg.

Die berühmte Frau ist ganz anders, als er sie sich nach Donnas Beschreibung vorgestellt hätte. Eine untersetzte Frau mit großem Kopf und einer ausgeprägten Nase sitzt da vor ihm. Sie hat dunkle Augen und ihre Gesichtsfarbe ist bleich, fast grau vor Erschöpfung. Das ist sie also, die Frau, die die Volksmasssen in Berlin begeistert. Eine kleine, müde Matrone, die sich gerade den Saum ihres Kleides wieder annäht.

Ich bin mitten in das Verhör geraten!, stellt Pico erschrocken fest, als er Hauptmann Pabst bemerkt. Er sitzt am Schreibtisch und blättert in Akten. Rosa Luxemburg sieht kurz von ihrer Näharbeit auf und wirft Pico einen langen Blick zu. Schau genau hin!, scheint sie sagen zu wollen. Dabei würde er am liebsten das Tablett abstellen und den Raum verlassen, so schnell es nur geht. Pabst macht Pico ein Zeichen stillzustehen. Automatisch nimmt er Haltung an, wagt kaum zu atmen. Einmal Soldat, immer Soldat.

Der Hauptmann blättert eine Ewigkeit in seinen Unterlagen. Die Frau vor ihm würdigt er keines Blickes. Sie ist nun mit ihrer

Näharbeit fertig und sitzt ganz ruhig da. Vielleicht schreibt sie in Gedanken bereits ihren nächsten Artikel für die *Rote Fahne*, überlegt Pico und bewundert sie dafür, wie aufrecht sie sich hält und wie wenig Angst sie zeigt. Selbst als Hauptmann Pabst aufsteht, scheint das ihre Seelenruhe nicht zu stören. Der Hauptmann schlendert in seinen glänzenden, hohen Lederstiefeln zu ihm herüber. Pico ist überrascht, wie klein Pabst ist. Er ist sogar noch schmächtiger als Pico – und das will schon etwas heißen.

Pico hofft, dass der Hauptmann jetzt endlich den Cocktail an sich nehmen und ihn entlassen wird. Aber dann begreift er, dass Pabst ihn für eine hässliche kleine Rolle bei dem Katz-und-Maus-Spiel, das er mit Rosa Luxemburg spielen will, vorgesehen hat. Pabst greift sich den Cocktail, schlürft den Cobbler genüsslich durch den Strohhalm. Ein nervtötendes Geräusch – dieses laute Schlürfen des Hauptmanns. Er zieht es absichtlich in die Länge. Dann stellt er das halbleere Glas zurück aufs Tablett. Lässt Pico weiter strammstehen, wandert zurück zu seinem Sessel hinter dem Schreibtisch, blättert wieder in den Unterlagen. Rosa Luxemburg würdigt er keines Blickes. So geht es viele Minuten. Rosa Luxemburg fängt an, in ihrer Handtasche zu kramen. Schließlich hält sie ein Buch in der Hand, schlägt es an der Stelle auf, an der sie ein Lesezeichen eingesteckt hat, und fängt an zu lesen. Augenblicklich scheint sie ganz in ihrer Lektüre versunken.

Sie zuckt kaum merklich zusammen, als Hauptmann Pabst schließlich doch das Wort an sie richtet. »Sind Sie Rosa Luxemburg?«

»Entscheiden Sie selbst!«, antwortet sie leichthin. Das Machtspielchen, das Pabst hier mit ihr spielt, hat sie anscheinend schon häufig über sich ergehen lassen müssen.

»Dem Bilde nach müssten Sie es sein«, sagt Pabst triumphierend. Als hätte er die Frau ihm gegenüber damit, dass er ihren Namen kennt, bereits eines Verbrechens überführt.

Rosa kann sich ein Lächeln nicht verkneifen: »Na, wenn Sie das meinen.« Pabsts Miene verfinstert sich. Er steht auf, geht zur Tür, winkt zwei Uniformierte heran. »Führen Sie die Frau bitte in mein Arbeitszimmer«, weist er sie an. Die beiden Offiziere schubsen Rosa Luxemburg grob hinaus. Dann schließt sich die Tür.

Pico wartet unruhig auf das Kommando »Wegtreten!« Aber das kommt nicht. Was soll er tun? Warum lässt Pabst ihn nicht endlich gehen? Wie viel Zeit inzwischen wohl vergangen ist? Zehn Minuten? Zwanzig? Sein Dienst ist längst vorbei. Er steht auf seinem Platz neben der Tür wie zu Stein erstarrt. So wie sie es ihm als jungem Rekruten eingebläut haben. Der Hauptmann beachtet ihn gar nicht. Er hat sich wieder auf seinen Stuhl hinter dem kolossalen Schreibtisch sinken lassen. Starrt dumpf vor sich hin. Grübelt. Schließlich steht er ruckartig auf, ergreift das Telefon, setzt sich auf einen bequemen Sessel und dreht Pico den Rücken zu.

»Stellen Sie mich bitte zur Reichskanzlei durch! Ich will den Noske sprechen«, verlangt er. Gustav Noske! Den kennt in Berlin jedes Kind. Er gehört der Regierung an, ist zuständig für das Militär. Natürlich muss er informiert werden, dass sich die Führer der Spartakisten im Eden befinden. Pabst setzt sich kerzengerade hin und spricht jetzt lauter.

»Ja, Herr Noske. Das hat man Ihnen richtig mitgeteilt. Die

Anführer wurden mir vor etwa einer Stunde sozusagen frei Haus geliefert. Die Luxemburg sitzt im Nebenzimmer. Liebknecht, Luxemburg und obendrein noch Pieck, der zufällig in ihrem Versteck vorbeikam. Alle drei befinden sich in meinem Gewahrsam«, sagt er und lächelt selbstgefällig. »Zuerst hat Liebknecht noch versucht, einen falschen Namen anzugeben. Man hatte die beiden in der Wohnung eines Kaufmanns aufgegabelt. Und Karl Liebknecht gab mit rollenden Augen vor, ebendieser Kaufmann Siegfried Marcusson zu sein. Aber nicht mit mir, lieber Noske. Nicht mit mir!« Pabst lacht dröhnend. »Mein Adjutant fasst ihn beim Kragen, den Wicht. In seinem Hemd war nun dieses Wäscheschild. Und ich frage Liebknecht: ›Herr Marcusson – wieso tragen Sie denn das Hemd von Herrn Liebknecht? Und dann auch noch das Unterhemd?‹ Da wird er zum Wackelpudding.« Wieder dieses höhnische Lachen.

Hauptmann Pabst wird wieder ernst. Er setzt sich in seinem Sessel auf. »Was mit Luxemburg und Liebknecht zu geschehen hat – ich glaube, darüber sind wir uns lange einig«, sagt er langsam, fast lauernd. Pabst beugt sich angespannt vor und lauscht. Dann fordert er mit großer Direktheit: »Für das Wie, Herr Noske, hätte ich aber jetzt schon gern Ihre Befehle.«

Pico erfasst, dass zwischen den beiden Männern längst klar und ausgemacht ist, dass die Gefangenen getötet werden sollen. In diesem Gespräch geht es nur noch darum, wie sie sterben werden. Wo. Und durch wessen Hand. Noske gehört der Regierung an! Er ist Mitglied der SPD! Mit dem Mord an Rosa Luxemburg und Karl Liebknecht beseitigt er seine politischen Gegner und ehemaligen Parteigenossen. Ich bin Zeuge eines Mordkomplotts!, wird Pico schaudernd bewusst. Ihm stellen sich die Nackenhaare auf. Pabst kann gar nicht anders – er muss den Kellner beseitigen, der dieses Telefonat mitgehört hat. Er kann sich in dieser Angelegenheit keine Mitwisser leisten.

Eine bleierne Stille lastet auf dem Raum. Die Gesprächspause zwischen Pabst und Noske dehnt sich quälend in die Länge. Picos Hände fangen an zu zittern. Jetzt nur nicht mit dem Tablett klappern!, betet er innerlich. Sonst ist es auf der Stelle um dich geschehen!

Anscheinend drückt sich Noske um die Antwort, wie man die Anführer der Kommunistischen Partei töten soll, herum.

»Verstehe«, sagt Hauptmann Pabst schließlich förmlich. »Keine Antwort ist auch eine Antwort. Ich werde von Ihnen in dieser Sache keine Anweisungen erhalten. Sie überlassen alles Weitere mir. Dann werde ich also tun, was ich für meine patriotische Pflicht halte. Für die Luxemburg und den Liebknecht wird sich auf dem Weg ins Moabiter Gefängnis – nun, sagen wir mal: eine Endlösung finden lassen. Was Pieck angeht: Den Kerl könnte man vielleicht noch brauchen. Den lassen wir erst mal laufen. Aber Sie und die anderen Genossen von der SPD schulden mir dafür einen Riesengefallen. Und verlassen Sie sich drauf, Noske: Darauf werde ich zu gegebener Zeit zurückkommen.«

Hauptmann Pabst wirft den Hörer zurück auf die Gabel. Noch immer dreht er Pico den Rücken zu. Gleich wird sein Blick auf mich fallen. Gleich ist alles aus!, denkt Pico. Aber Pabst ist nach dem Telefonat so in Gedanken versunken, dass er seiner Umgebung keinerlei Beachtung schenkt.

Minister Noske lässt ihn – Pabst – die Drecksarbeit machen und bleibt selbst hübsch in der Deckung. Als müsse er seiner Erregung ein Ventil geben, fegt er mit einem ärgerlichen Knurren den gesamten Aktenberg vom Schreibtisch. Dann springt er auf und stürmt wütend hinaus. Durch die offene Tür hört Pico im Nebenzimmer etwas zu Bruch gehen und gleichzeitig den Schmerzensschrei einer Frau. Dann wird es still.

Die Minuten vergehen. Als Pabst nicht zurückkommt, sickert bei Pico langsam durch: Er hat mich vergessen! Hat mich und den verdammten Cocktail komplett vergessen. Er dreht sich um und verlässt fluchtartig den Kleinen Saal. Dann hastet er die Treppe hinunter. Während er im Dienstbotenzimmer seine Kleidung wechselt, fühlt er sich, als habe er hohes Fieber. Sein Kopf fährt Karussell. Nichts wie raus und an die frische Luft! Der kalte Wind kühlt seinen Kopf. Das tut gut. Aber wie schwach er sich auf einmal fühlt! Wie elend. Der Weg zu seiner düsteren Unterkunft kommt ihm unüberwindbar vor. Erst noch etwas Kraft schöpfen. Pico lässt sich mit dem Rücken gegen die Hotelfassade fallen. Plötzlich geben seine Knie nach. Er rutscht in die Hocke. Das Herz schlägt ihm noch immer bis zum Hals. Er versucht vergeblich, sich zu beruhigen. Rosa! Sie werden sie noch in dieser Nacht erschlagen. Und niemand kann etwas dagegen tun. Wen sollte man auch zu Hilfe rufen, wenn doch die Regierung mit allem einverstanden ist! Hilflose Wut übermannt ihn. Rosa, die so viel Hass auf sich zieht, hatte Donna immer Hoffnung gegeben. Weil sie gewagt hatte, die blanke Wahrheit auszusprechen: dass Krieg ein Verbrechen ist. Weil sie immer für die Sache der Arbeiter kämpfte. Wenn sie in dieser Nacht ermordet wird, dann ist das ein bodenloses Unrecht.

Er knöpft sich sein Hemd auf und saugt die kühle Luft in seine Lungen. Wie Nadeln sticht es in seiner Brust. Trotzdem kann er nicht aufhören, wie ein Ertrinkender nach Luft zu schnappen.

Da schlägt neben ihm die Tür auf.

»Herr Doktor Liebknecht, ich bedaure, dass die Hotelgäste Sie bespuckt haben. Wir hätten Sie besser abschirmen sollen!« Sechs Soldaten treten durch die Seitentür des Hotels ins Freie. Sie umringen einen Zivilisten. Einen Brillenträger mit dunklem, gepflegtem Schnurrbart und zurückweichendem Haar. Der Mann in der Mitte muss Liebknecht sein. Er sieht ganz anders aus als auf den Anschlägen, die dazu aufrufen, ihn zu ermorden. Kalkweiß ist er im Gesicht. Seine Kleidung ist unordentlich, unter dem Arm ist sein Anzug aufgerissen.

Einer der Soldaten tritt Pico auf die Hand. Aber er gibt keinen Laut von sich. Liebknechts Bewacher bemerken ihn nicht.

Jeder der Soldaten ist ein wahrer Riese! Diese sechs Hünen sollen es nicht geschafft haben, Liebknecht vor den Gästen des Hotels zu schützen? Lächerlich! Liebknecht fragt höflich: »Wo bringen Sie mich jetzt hin?«

»Sie werden ins Gefängnis nach Moabit überstellt«, erhält er zur Antwort. Gleichzeitig fährt ein offener Wagen vor. Die Soldaten steigen mit ihrem Gefangenen ein. Bevor der Wagen davonbraust, läuft ein einfacher Soldat mit riesigem dunklem Schnauzer vom Haupteingang kommend auf das Auto zu. Er versetzt Liebknecht mit dem Kolben seines Gewehrs einen wuchtigen Schlag ins Gesicht. Dem zweiten Schlag weicht Liebknecht aus. Durch die schnelle Kopfbewegung spritzt Blut auf die Hose seines Nebenmannes. Jetzt erst bemerkt Liebknecht, wie schwer er von dem Kolbenschlag verletzt wurde. »Es blutet«, sagt er erstaunt. Keinen der Soldaten kümmert es. Sie greifen auch nicht ein, als ein weiterer Soldat auf den Wagen aufspringt und den verwundeten Arbeiterführer mit der Faust ins Gesicht schlägt. Triumphierend springt der Mann vom Wagen ab. Als hätte er auf dem Jahrmarkt Hau den Lukas gespielt und dabei einen Preis gewonnen. Dann braust der Wagen davon. Aber nicht in Richtung Moabit, sondern in Richtung Tiergarten. Das kann nichts Gutes bedeuten!, denkt Pico. Im Tiergarten ist es um diese Zeit menschenleer. Die meisten Wege sind unbeleuchtet. Wer weiß, was diese Schlägertruppe mit dem höflichen Mann da vorhat.

Er bleibt allein im Dunkel zurück. Den Rücken gegen das Gebäude gelehnt, das er immer als seinen Zufluchtsort betrachtet hat. Jeden verdammten Tag im Schützengraben hatte er sich nach dem Eden gesehnt. Ohne das Hotel hätte er vielleicht nicht überlebt. Was ist nur aus seinem geliebten Eden geworden?

Nach einer Weile steht er mühsam auf und fängt an zu laufen. Nicht in Richtung Tiergarten. Bloß nicht! Er läuft und läuft. Schließlich bleibt er vor der Kaiser-Wilhelm-Gedächtniskirche keuchend stehen. Als sein Herzschlag sich etwas beruhigt hat, beschließt er, zu Donna zu gehen. Zu wem sonst? Sie soll erfahren, was er gesehen und gehört hat. Sie wird wissen, was jetzt geschehen soll. Erschöpft macht er sich auf den Weg zurück. Als er wieder beim Eden ankommt, bleibt er in sicherer Entfernung stehen.

Die Wache is noch immer auf ihrem Posten. Bevor Pico in den dunklen Hinterhof abbiegt, in dem Donnas Kellerwohnung liegt, sieht er einen offenen Wagen mit abgeblendeten Scheinwerfern langsam, ganz langsam die abgesperrte Straße entlangfahren. Pico drückt sich in die dunkle Einfahrt, die zu Donnas Hinterhof führt, und beobachtet das vorbeirollende Auto. Der Priamus bleibt mit brummendem Motor in der Hotelauffahrt stehen.

Im selben Augenblick spuckt die Drehtür mehrere Soldaten aus, die sich auf dem menschenleeren Bürgersteig aufstellen. Dann kommt Rosa Luxemburg. Ein Offizier lässt sie durch die eingehakte Drehtür vorausgehen. Einer der beiden Posten vor dem Hotel, der grobe Kerl mit dem dunklen Schnurbart, der nur eine Stunde zuvor bereits Liebknecht mit seinem Gewehrkolben verletzt hat, scheint darauf bereits gewartet zu haben. Er dreht sein Gewehr um und schlägt es der kleinen Frau mit voller Wucht auf den Kopf. Rosa Luxemburg taumelt, sie lässt ihre Handtasche fallen, stürzt dann aufs Pflaster. Dabei verliert sie einen ihrer Schuhe. Einer der Soldaten reckt ihn wie eine Trophäe in die Höhe. Ein zweiter ist schon dabei, ihre Handtasche zu durchwühlen. Nimmt sich etwas daraus und stopft es in die Tasche seines grauen Soldatenmantels. Der mit dem Schnauzer drischt zum zweiten Mal mit dem Kolben seines Gewehrs auf die am Boden liegende Frau ein. Einer der Offiziere schiebt ihn beiseite. Er packt die Bewusstlose und befördert sie unsanft auf den Hintersitz des offenen Autos. Zwei Soldaten steigen auf der Rückbank zu. Sie richten ihre Gefangene auf. Ihr Kopf kippt nach hinten weg. Sogar von seinem Beobachtungsposten auf der anderen Straßenseite kann Pico sehen, wie stark sie blutet.

Der Priamus setzt sich in Bewegung. Er rollt langsam die Hotelauffahrt herunter. Aber noch immer ist das Maß nicht voll. Derselbe Soldat, der schon Liebknecht geschlagen hatte, springt auf das Trittbrett des schwarzen Wagens auf und drischt Rosa Luxemburg zweimal die bloße Faust ins Gesicht. Lautes Lachen ertönt aus dem Wagen, der jetzt in Richtung Corneliusbrücke abbiegt.

Pico steht noch immer regungslos an seinem Platz in der dunklen Einfahrt. Als wäre er in einem Alptraum gefangen, in dem man nicht davonlaufen kann, so sehr man es auch versucht. Und dann ist er da, der Schuss, den er erwartet hat. Kaum fünfzig Meter vom Haupteingang des Eden haben sie dem Leben von Rosa Luxemburg ein Ende gesetzt. Die Turmuhr schlägt. Es ist genau 23 Uhr 45.

Noch mehr als der Schuss aber bleibt ihm das Bild des Soldaten mit dem Schnauzbart im Kopf, der Rosa Luxemburg zu Boden gestoßen hat. Der gleiche Mann, der auch Liebknecht verprügelt hatte. Er hält mit einem zufriedenen Grinsen die Hand auf, und ein Offizier legt ihm Geld hinein.

DER AUFTRAG

Noch am ganzen Körper zitternd, taucht Pico in den stillen Hinterhof, der zu Donnas Wohnung führt, ein. Was auch immer auf der Straße vor ihrem Haus geschehen ist – es hat keinen der Bewohner um den Schlaf gebracht. Hinter den Fenstern rührt sich nichts. Aber plötzlich ist da doch eine Bewegung. Ein Junge, die Schiebermütze tief ins Gesicht gezogen, rennt auf den Torbogen zu. Er trägt eine Kiste auf der Schulter. In seiner Eile übersieht er den einsamen Mann auf dem dunklen Hof und prallt gegen ihn. Mit einem lauten Krachen poltert die Kiste auf den Boden.

»Soll ich dir helfen?«, bietet Pico an. Aber der kleine Kerl ist schon wieder auf den Beinen und rennt mit seiner Kiste davon, als sei der Teufel hinter ihm her. Was hat dem Knirps bloß solch eine Angst eingejagt?

Er geht die Stufen zu Donnas Kellerwohnung hinunter und klopft an die Tür. Donna öffnet ihm augenblicklich. Hatte sie so spät noch Besuch erwartet? Sie starrt Pico sprachlos an. Als sie wahrnimmt, in was für einem Zustand er ist, stellt sie keine weiteren Fragen. »Warte kurz!«, sagt sie knapp. »Nur einen Augenblick!« Die Tür wird wieder zugeschlagen. Kurze Zeit später zieht sie ihn in ihre Wohnung herein. Die kleine Wohnung besteht nur aus einem Zimmer und einer Küche. An ihrem Zimmer vorbei bugsiert Donna ihn in ihre Küche. Dort herrscht ein unglaubliches Chaos. Schachteln über Schachteln liegen am

Boden. Donna lässt ihn auf einer alten Obstkiste Platz nehmen. Möbel besitzt sie keine. Als Küchentisch dient ihr Smutjes großer Koffer, über den sie fein säuberlich ein Leintuch gebreitet hat. »Gleich wird es hier richtig warm. Dann geht es dir sofort besser, Jungchen!«, sagt sie und wirft die Pappkartons einen nach dem anderen in die Flammen ihres Herdes.

»Woher hast du das alles?«, fragt Pico verwundert.

»Mein Brennmaterial?«, fragt Donna zurück. »Das lag draußen auf der Straße.«

»Ich kenne das Zeug aus dem Krieg. Damit hat man Handfeuerwaffen verpackt. Und das da« – er zeigt auf längliche Kartons – »das sind Patronenschachteln.«

»Sie lagen da, und jetzt wärmen sie uns«, sagt Donna bestimmt und kocht heißes Wasser auf für einen Tee. Dann stellt sie ihm die Tasse auf den Überseekoffer.

Sie besitzt noch eine weitere Obstkiste. Auf der lässt sie sich nieder, verfeuert weiter Schachtel für Schachtel in ihrem Küchenofen. Geduldig wartet sie, bis er von alleine anfängt zu sprechen.

Er erzählt ihr von Rosa Luxemburg und von Karl Liebknecht, die die Nacht nicht überlebt haben. Von Minister Noske und Hauptmann Pabst, die hinter den Morden stecken. Und von der Gefahr, in der er schwebt, weil er Zeuge von alldem wurde.

»Sobald Pabst sich an mich und den Cocktail erinnert, bin ich geliefert«, sagt er. Er nimmt einen Schluck aus seiner Tasse. Der heiße Tee tut ihm gut. »Ich kann nicht mehr zurück«, sagt er erschöpft.

Donna lehnt gegen die Küchenwand. Rosas Tod geht ihr nahe. »Furchtbar«, sagt sie traurig und lässt den Kopf sinken. Eine

Träne rinnt ihr über die Wange. »Wie können Ebert und Noske nur mit Pabst und seinem Freikorps gemeinsame Sache machen. Noch nie ist eine Regierung tiefer gesunken als diese Halunken«, sagt sie leise. Dann ist sie lange still. Sie scheint nachzudenken.

Pico lässt seinen Kopf auf Smutjes Koffer sinken und vergräbt ihn zwischen seinen Armen. Er ist so entsetzlich müde.

Die Augen sind ihm bereits zugefallen, als Donna plötzlich laut sagt: »Du musst zurück. Gleich morgen.« Sie legt ihre Hand auf seine Schulter. »Rosa und Karl dürfen nicht umsonst gestorben sein. Die Wahrheit über ihren Tod muss ans Licht. Versuch, so viel wie möglich rauszukriegen. Über die Tat und über die Täter. Die Mörder sollen nicht ungeschoren davonkommen. Dieses Mal nicht. Der Fall muss vor einen Richter.«

Zustimmend nickt Pico. »Ich werde sehen, was ich tun kann«, murmelt er.

Wie müde er ist. Wie unendlich müde. Wie von Ferne dringt Donnas Stimme zu ihm. »Jeden Tag werden unsere Leute verprügelt oder erschlagen. Nie kriegt man die Mörder zu fassen. Die alten Waffenbrüder aus dem Krieg decken sich gegenseitig. Aber wenigstens dieses eine Mal könnte es gelingen, die Mörder und ihre Auftraggeber dranzukriegen. Wenn du die Namen herausfindest …« Donnas Stimme verschwimmt in weiter Ferne. Pico ist vor Erschöpfung im Sitzen eingeschlafen.

Viel später in der Nacht meint er im Halbschlaf Stimmen zu hören. Aufgeregtes Flüstern. Ging da nicht die Tür? Aber der Schlaf nimmt ihn sanft an der Hand und führt ihn fort von den Geräuschen in Donnas Wohnung.

»Hast du Besuch gehabt?«, fragt er, als er gegen Morgen wach wird. »Mir war so, als hätte ich heute Nacht Stimmen gehört.«

»Stimmen?«, fragt Donna, während sie ihm eine Tasse Muckefuck hinstellt. »Ach, Jungchen, ich hab mit meiner Katze geplaudert. Nur mit der Katze. Und jetzt: Geh zum Eden. Finde heraus, was du kannst. Notiere die Namen und bring sie mir. Aber verhalte dich unauffällig.«

Monsieur Vite schlägt Picos altes Tagebuch zu und deutet auf seine Armbanduhr. Es ist Zeit, Schlafen zu gehen. Ein Artist braucht seinen Schlaf.

»Was ist mit Karl Liebknecht in der Nacht geschehen?«, fragt Gottfried.

»Gegenüber vom Eden gab es damals eine Krankenstation. Dort wurde gegen 23 Uhr 15 eine unbekannte Leiche abgeliefert.«

»Liebknecht?«, fragt Gottfried.

Monsieur Vite nickt. »Gönnt einem alten Mann jetzt seine Ruhe«, sagt er und steht auf. Doch wir bleiben sitzen. Es gibt noch so viele Fragen, auf die wir gern eine Antwort hätten.

»Ihr könnt morgen Abend nach dem Unterricht wiederkommen, wenn ihr mögt!«, bietet Monsieur Vite an.

»Morgen geht nicht, da haben wir schon was vor. Geht auch übermorgen?«, frage ich schnell. Morgen ist doch Lizzys große Battle. Die will ich auf keinen Fall verpassen.

Wir verabreden uns also für den Samstag.

Trotz der blutigen Schilderungen aus der Revolutionszeit drifte ich in dieser Nacht mit einem seligen Lächeln auf den Lippen in meine Träume. Morgen werde ich Lizzy wiedersehen. Ob sie sich wohl an mich erinnert? Ich weiß nicht, ob ich mir das wirklich wünschen soll.

DIE GRÜNE MANGO

»Ich weiß, wo das ist«, sagt Tobi, als ich ihn nach der Grünen Mango frage. Tobi stammt aus Berlin. Die haben da eine ganz kleine Bühne. Von der Decke baumelt ein Mikro. Mehr ist da nicht. Ein winziger Schuppen. Manchmal machen sie in dem Laden Karaoke.«

Ich zucke mit den Schultern. Dann sehe ich mir Lizzys Flyer noch mal genauer an. Über der Adresse des Lokals steht noch: »Musik erreicht Stellen, da kommen Hände gar nicht hin.« Kann versaut gemeint sein. Muss es aber nicht. Egal. Ich muss Lizzy wiedersehen.

»Nimm Gottfried mit!«, bittet mich Jule. »Menschen mit deiner Hautfarbe passiert in dem Teil der Stadt gern mal was. Nachts bist du auf manchen Straßen in Berlin im Moment nicht sicher. Mit den BBs ist gerade nicht zu scherzen.«

»BBs?«, frage ich nach.

»Besorgte Bürger. Davon gibt es eine Menge, seit so viele Flüchtlinge ins Land strömen«, erhalte ich zur Antwort.

»Jule hat Recht«, stimmt Tobi zu. »Die Grüne Mango liegt in einem Kiez, da laufen sie nachts rum und beschützen das Liebste, was sie haben, vor den Ausländern.«

»Ihre Frauen?«, frage ich.

»Nee, ihre Autos«, antwortet Tobi. »Glaub mir, Biko, den Jungs, die da für ›Sicherheit‹ sorgen, denen will man lieber nicht im Dunkeln begegnen. Besonders nicht, wenn man selbst dunkel ist.«

»Gottfried, geh bitte mit«, sagt Jule noch einmal. Gottfried nickt mir aus seiner luftigen Höhe zustimmend zu.

Wir fahren mit dem Bus zur Grünen Mango. Die meiste Zeit sprechen wir über die Schule. Aber als mein Gegenüber im Bus zu seiner Frau sagt:»Der Wiederaufbau des Stadtschlosses ist ja schon gut vorangekommen!«, sehe ich aus dem Fenster und entdecke die Großbaustelle. Als mir klar wird, dass hier 1918 die Blutweihnacht stattgefunden hat, bin ich hellwach. Die Leute erzählen uns, dass das Schloss 1950 gesprengt worden war. Jetzt soll es nach den alten Bauplänen wieder neu erstehen. Gerade war Richtfest.

Ich überrede Gottfried, in Charlottenburg auszusteigen und zu sehen, was vom Eden übrig geblieben ist. Wir müssen ein Weilchen suchen, denn auch das Hotel wurde abgerissen. Aber wir wollen wenigstens nachsehen, wo es früher stand.

»Gegenüber vom Aquarium«, erinnert sich Gottfried. Wir fragen uns dahin durch. Dann stehen wir vor dem Brunnen auf dem Olof-Palme-Platz, direkt vor dem Aquarium. Im Pflaster auf der gegenüberliegenden Straßenseite entdecken wir eine Plakette. »Hier stand das Hotel Eden. Rosa Luxemburg und Karl Liebknecht wurden hier unmittelbar vor ihrer Ermordung am 15. Januar 1919 verhört und zusammengeschlagen.« Auf der linken Seite der Plakette ist das Hotel abgebildet.

»Beim Aquarium da drüben muss damals die Krankenstation gewesen sein, in der sie den toten Liebknecht abgeliefert haben«, sage ich zu Gottfried.

Monsieur Vite hatte uns davon erzählt, dass nach dem Krieg hier draußen zahllose Kriegsheimkehrer mit verkrüppelten Gliedmaßen kauerten und bettelten. Aber heute erinnert nichts mehr an die Zeit nach dem Ersten Weltkrieg. Ein Longboarder saust an uns vorbei. Kinder balancieren um den Brunnen herum und spritzen sich mit dem Wasser gegenseitig nass.

Vor dem Aquarium steht eine schwarze Frau, die ein Kleinkind auf dem Arm hält. Sie hat einen Pappbecher von McDonald's in ihrer freien Hand und bittet stumm um Geld. Eine alte Frau kramt in ihrer Handtasche und wirft ein paar Münzen hinein.

»Auf keinen Fall darfst du dieser Person Geld geben! Dann werden es immer und immer mehr solche Leute«, erklärt ein Vater seiner Tochter, die der Frau auch etwas geben möchte. Sein Blick fällt auf mich. »Siehst du – da ist schon der nächste! Und wenn der Mann da dann seine ganzen Verwandten aus Afrika holt und immer mehr Menschen von dort zu uns kommen, dann haben wir bald selbst nichts mehr zu essen.«

»Was für ein Hohlkopf«, sagt Gottfried zu mir, als die beiden außer Hörweite sind.

»Die Angst vorm schwarzen Mann geht um in Deutschland. Und vor seiner buckligen Verwandtschaft«, antworte ich mit einem ratlosen Achselzucken. Obwohl ich versuche, das Gerede auf die leichte Schulter zu nehmen – in Wahrheit hat mich das grade kalt erwischt. In Breckerfeld habe ich nie erlebt, dass jemand so über mich oder meinen Bruder gesprochen hätte. Vielleicht liegt es daran, dass dort jeder jeden kennt. Die sehen unsere Hautfarbe gar nicht mehr. Und da denke ich: Ich möchte, dass Menschen in Menschen aus Afrika in erster Linie Menschen sehen. Und mir wird klar, dass das der erste politische Gedanke ist, den ich je gedacht habe.

Als wir schließlich in die Straße einbiegen, in der die Grüne Mango liegt, stellen wir fest, dass eine Menge Polizisten in derselben Richtung unterwegs sind. In voller Montur: Körperpanzer, Waffe, Handschellen, Schlagstock, Funkgerät. Das volle Programm.

»Was ist denn heute hier los?«, frage ich Gottfried.

»Wir rechnen mit Demonstranten«, sagt ein Polizist vor uns, der sich gerade ein Funkgerät ans Ohr hält.

»Gegen wen oder was soll denn demonstriert werden?« Doch der Polizist gibt keine Antwort. Er muss ganz schnell woanders hin.

Die Grüne Mango ist kein bisschen schick, dafür aber sehr bunt. Zu DDR-Zeiten war hier mal ein Konsum-Lebensmittelgeschäft, erzählt uns der Typ an der Kasse. Tausendundein Zettel kleben draußen an den Wänden: »Bier und Hanf gehören zum Kampf«, »Abschiebungen abschaffen«, »Nazis verhindern«. Und »An die Waffeln, Bürger!« Endlich kapiere ich auch, was für ein Kampf uns hier erwartet. »HEUTE POETRY SLAM«, hat jemand mit Kreide auf eine Schiefertafel gekritzelt. »Anmeldungen bis zur letzten Minute erwünscht.« Und »Soli-Veranstaltung für Flüchtlinge«. Auf einem Poetry Slam war ich noch nie. Ich kann mir auch nichts darunter vorstellen. Poetry – das hat was mit Gedichten zu tun. Aber was es auch immer ist, hier ist der Ort meiner Sehnsucht. Denn ich habe Lizzys mintgrünes Rad mit den weißen Blümchen entdeckt. Sie muss also schon da sein.

Die Kneipe ist gerammelt voll. Die meisten sitzen auf Bierkisten, auf denen Sitzkissen angebracht sind. An den Wänden Bilder von Freiheitskämpfern. Von Che Guevara bis Karl Marx mit seinem Rauschebart ist alles vertreten. Gottfried und ich ergattern die letzten freien Barhocker. Alles palavert laut durcheinander. Wie soll ich in diesem Gedränge Lizzy finden? Ich sehe mich nach allen Seiten um und entdecke Dschunke. Umringt von den jungen Afrikanern, die ich vom Bahnhof kenne. Wahrscheinlich versteckt sich Lizzy vor lauter Aufregung auf dem Klo. Ich wäre auch verdammt aufgeregt, wenn ich vor so vielen Leuten meine Gedichte vortragen müsste. Gott sei Dank schreibe ich gar keine. Irgendwie riecht es hier süßlich. Den Duft kenne ich aus dem Glörtal. An der Copa Ca Glör, wie wir Einheimischen das Gebiet rund um den Stausee bei Breckerfeld nennen, wird auch gekifft, was das Zeug hält. Da zieht sich einer ein Pfeifchen rein. Neben mir sitzt eine vollverschleierte Frau. Schwarze Burka. Ihre Augen sind hinter so einem kleinen Gitter verborgen. Nervös wippt sie mit den Beinen. Dass der hier drinnen unter dem schwarzen Überwurf nicht zu heiß ist!

Auf einmal geht ein Spot auf der Bühne an. Gleichzeitig will ein schrilles Pfeifen einem schier das Trommelfell zerreißen. In das Kreischen des rückkoppelnden Mikros hinein sagt ein Typ mit Jeans, weißem T-Shirt und Mütze auf dem Kopf: »Bitte haltet die Notausgänge frei. Heute wird wieder gegen die Flüchtlinge demonstriert. Der Zug führt durch unsere Straße. Wir haben Leute draußen abgestellt, damit sie uns nicht wieder Steine durchs Fenster werfen. Aber rückt mal lieber etwas zusammen, damit man im Notfall schnell rauskommt.«

Alle zerren mit viel Getöse ihre Bierkisten nach vorne zur Bühne. Es dauert etwas, bis wir wieder zuhören können.

»Wir begrüßen Dschunke vom Kulturhaus, der jeden Tag am Bahnhof steht und dort die Flüchtlinge willkommen heißt. Und mit einem ganz besonders herzlichen Applaus die Gäste aus Afrika, die er mitgebracht hat. Na ja, später werden wir von euch ja noch mehr hören. Danke, Dschunke, dass ihr da seid.« Dschunke ballt die rechte Faust und reckt sie in die Höhe. »Solidarität!«, rufen einige der Anwesenden und ballen ebenfalls ihre Fäuste. Manche von ihnen wirken so, als wären sie viel auf Demonstrationen unterwegs.

»Auf der zentralen Mittelmeerroute zwischen Libyen und Italien sind in diesem Jahr bis jetzt 2738 Menschen ertrunken – deutlich mehr als letztes Jahr«, fährt der Mann mit der Mütze fort. »23 000 Flüchtlinge sind seit dem Jahr 2000 bis zum heutigen Tag nach vorsichtigen Schätzungen verschwunden. Im Mittelmeer, aber auch auf anderen Routen.« Ich sehe Gottfried mit großen Augen an. Auch er ist geschockt.

»Aber zurück zu unserem Slam«, sagt der Mützenmann in das Geraune des Publikums hinein. »Lizzy, die auch zu den Unterstützern des Kulturhauses gehört, wird mit einem selbst geschriebenen Gedicht den Anfang machen. Gedichte gegen Gewalt und Unterdrückung: Das ist ihr Weg, Hoffnung zu verbreiten.«

Lizzy! Er hat Lizzy gesagt! Wo sie nur steckt? Die Frau in der Burka neben mir klettert von ihrem Barhocker und bahnt sich einen Weg durch die Menge. Die will bestimmt an die frische Luft!, denke ich mitfühlend. Aber dann steuert die Burka-Frau direkt auf das Mikro zu und stellt sich auf die Bühne. Augenblicklich wird es still im Raum. Die Burka-Frau hat die volle Aufmerksamkeit. Man könnte eine Stecknadel fallen hören.

Dann lüftet sie das Kopftuch und darunter kommt Lizzy zum Vorschein. »Hallo! Schön, dass ihr gekommen seid!«, ruft sie gut gelaunt ins Mikrofon.

DIE BATTLE

Lizzy wird mit einem warmen Applaus empfangen. Anscheinend ist sie hier gut bekannt. Dann legt sie los:»Auf dem Bahnhof habe ich Amrei kennengelernt. Eine Frau aus dem östlichen Syrien. Ihr Haus stand nicht weit vom Fluss Euphrat entfernt. Ihr Mann und sie schwammen manchmal von einem Ufer zum anderen. Sie waren sehr glücklich. Aber dann kam der Krieg in ihr Dorf und alles wurde anders. Das hier habe ich für sie geschrieben.«

Lizzy trägt ihr Gedicht mit leiser Stimme vor. Alle hören konzentriert zu.

Dreimal am Tag kommen die Bomber.
Dann verstecken wir uns in einem Erdloch.
Dreimal am Tag haben wir Angst zu sterben.
»Ich will ein Leben«, sage ich zu meinem Mann.
Da beschließen wir zu fliehen.

Das Flüchtlingslager hinter der Grenze
ist das Einzige, was meine Kinder von der Welt kennen.
Sie haben nie eine Schule besucht. Nie hört man sie lachen.
»Ich will ein Leben«, sage ich zu meinem Mann.
Da beschließen wir zu fliehen.

Wir stehen vor dem Schlauchboot,
auf dem schon viel zu viele Menschen sind.
Es kann uns auf dem Meer den Tod bringen.
»Ich will ein Leben«, sage ich zu meinem Mann.
Da beschließen wir einzusteigen.

Wir kommen nach Deutschland
Vor der Unterkunft grölen vermummte Gestalten.
Eines Nachts bricht ein Feuer aus. Im Treppenhaus riecht es
nach Benzin.
»Ich will ein Leben«, sage ich zu meinem Mann.
Da beschließen wir – zu bleiben und dafür zu kämpfen.

Das Gedicht kommt bei allen gut an. Die Mütze ergreift wieder das Mikro. Aber was er sagt, rauscht an mir vorbei. Mich interessiert nur eines: Wo geht Lizzy hin? Kommt sie wieder zurück auf den freien Barhocker neben mir? Nein, sie kämpft sich zu Dschunke und den anderen UmFs durch. Ich wüsste zu gern, was Lizzy da mit Dschunke bespricht. Gucken die in meine Richtung?

Erst als der Mann mit der Mütze ans Mikro tippt, kriege ich wieder mehr von dem mit, was er sagt. »Hört mal zu, das ist wichtig. 222-mal sind in diesem Jahr Flüchtlingsheime angegriffen worden. Dabei wurden 104 Menschen verletzt. Es gab allein 93 Brandanschläge. Jeder, der dazu schweigt, billigt das Unrecht. Unpolitisch sein heißt politisch sein, ohne es zu merken. Ihr wisst ja: Das hat Rosa Luxemburg schon vor 100 Jahren gesagt. Und das gilt auch heute.« Schon wieder Rosa! Es hagelt zustimmenden Applaus. Dann wird Dschunke ans Mikro gebeten. Lizzy und die Afrikaner stehen hinter ihm.

»Wie ihr wisst«, sagt Dschunke in seiner gemütlichen Art ins Mikro, »ist hier in Berlin das ganze System zusammengebrochen. Viele Flüchtlinge übernachten auf dem Bürgersteig vor der Registrierungsstelle. Erst gestern wollten sich wieder Flüchtlinge aus dem Fenster des Amtes werfen. Aus Verzweiflung. Weil es seit Wochen nicht weitergeht. Und ihr wisst ja: ohne Registrierung kein Krankenschein, kein Geld, keine Unterkunft. Ich bin mir sicher, dass sich die Zustände bald bessern werden. Aber bis es so weit ist, sollten wir uns nicht zurücklehnen. Wer sich für die Flüchtlinge engagieren will, ist im Kulturhaus herzlich willkommen. Nun zur Lage der unbegleiteten minderjährigen Flüchtlinge. Hinter mir stehen einige davon. Ja, ihr dürft ihnen gern mal etwas Applaus dafür spenden, dass sie es zu uns geschafft haben. Und nicht einfach im Mittelmeer still und heimlich abgesoffen sind. Was einigen Bürgern unseres Landes wahrscheinlich gar nicht so unrecht gewesen wäre.«

Als sich der warme Applaus für die UmFs legt, spricht Dschunke weiter. »Manche von den Jugendlichen hier auf der Bühne haben auf der Flucht schlimme Sachen erlebt. Hier, der Joshua aus Eritrea zum Beispiel. Der hat miterlebt, wie sein Vater nachts vom Lkw fiel. In der Wüste. Die Schlepper ließen ihn einfach liegen und fuhren weiter.« Der Typ, den Dschunke meint, schaut traurig und innerlich abwesend vor sich hin. Aber direkt daneben steht einer, der grinst breit. Seine Augen hat er starr auf Lizzy gerichtet, die inzwischen keine Burka mehr trägt, sondern einen Minirock und ein enges Top mit einem fetten Smiley. Ganz ehrlich – den würde ich am liebsten persönlich abschieben. Egal wohin. Hauptsache weg von Lizzy.

Dschunke fragt die Jungs jetzt auf Englisch, was sie sich von

Deutschland wünschen. Die meisten sagen »peace«. Aber der Typ, der Lizzy so interessiert auf den Smiley starrt, denkt anscheinend, dass Dschunke nach seinen Weihnachtswünschen gefragt hat. Er sagt:»I want a new iPhone«, was Dschunke etwas überhastet übersetzt mit:»Er würde gern mal wieder mit seinen Eltern telefonieren. Kann man ja verstehen. Drei Monate war er unterwegs.« Schnell schwenkt er auf ein anderes Thema um. »Fast jeder von den Jungs, um die wir uns kümmern, hat Menschen sterben sehen. Manche kommen damit besser klar, andere weniger gut. Manchen fällt es schwer, Vertrauen in Fremde zu fassen. Die misstrauen sogar uns Helfern. Umso mehr freut es uns, dass heute einer den Weg zurückgefunden hat, der bei seiner ersten Begegnung mit uns noch panisch davongerannt ist. Biko, bitte komm zu uns nach vorne«, sagt er und winkt mir mit seinen Schaufelbaggerhänden einladend zu.

Ich kapiere erst nach einigen Sekunden, dass ich gemeint bin. Dass alle Augen mich anstarren. Vorsichtig drehe ich mich um, blicke hinter mich. Da sitzt Gottfried. Der zuckt nur mit den Achseln. Wie komme ich hier weg? Das Lokal ist gerammelt voll. Sogar auf dem Boden haben es sich einige gemütlich gemacht. Und vor dem Ausgang – das ist lautstark zu hören – ist mittlerweile der Demonstrationszug angekommen, der zu Beginn angekündigt wurde. Die Demonstranten haben sich auf dem Platz vor der Grünen Mango aufgebaut. »Deutschland den Deutschen – Ausländer raus!«, brüllen sie. Wie krass. Dass Menschen, die so unterschiedlich denken, so wenige Meter voneinander entfernt stehen. Nur durch eine Glasscheibe getrennt.

Dschunke winkt mir noch immer zu. Am liebsten würde ich im Erdboden versinken. Aber dann gibt es ein verdammt gutes

Argument, dem Drängen der Menge nachzugeben. Denn auf einmal steht Lizzy neben mir, nimmt meine Hand. Mein Denkvermögen setzt aus. Wie im Bahnhof, als sie mir auf die Schulter getippt hat. Es gibt nicht nur Liebe auf den ersten Blick. Bei Lizzy und mir war es Liebe auf die erste Berührung. Sie zieht mich zu Dschunke und den anderen. Ich stolpere also auf die Bühne.

»Biko«, sagt Dschunke einfühlsam zu mir. »Dass du jetzt zu uns auf die Bühne gekommen bist, zeigt, dass du es hier in Deutschland schaffen kannst.« Die Leute applaudieren. »Biko lebt im Moment auf der Straße. Aus Angst vor seiner Abschiebung. Aber kein Mensch ist illegal. Schon gar nicht, wenn er noch nicht volljährig ist. Wir sollten ihn unterstützen!« Er trinkt unter dem Gejohle der Zuschauer in einem Zug sein Weizenbierglas leer. Mit dem Saum seines zeltartigen T-Shirts trocknet er es flüchtig von innen aus und wirft dann mit großer Geste einen Zehn-Euro-Schein aus seinem Portemonnaie hinein. Dann reicht er das Glas in den Zuschauerraum. Entgeistert sehe ich, wie die Leute Geld reinwerfen. Ich mache Zeichen, dass ich das Geld nicht will. Ganz große Pantomime. »No money, please!«, rufe ich schließlich verzweifelt, als immer weiter gesammelt wird. Warum rede ich Idiot Englisch? Da müssen sie mich ja für einen Flüchtling halten. »Kein Geld, bitte!«, rufe ich also. Aber das geht im allgemeinen Getöse unter.

»Hier, für dich!«, sagt Lizzy mit einem strahlenden Lächeln, als das Glas wieder vorne auf der Bühne ankommt. Alle freuen sich für mich, dass so viel zusammengekommen ist. Mir tritt kalter Schweiß auf die Stirn, als ich das ganze Spendengeld in den Händen halte. Das sind mindestens 500 Euro! Dschunke verhindert, dass ich das Glas an die anderen UmFs weiterreiche. Ich muss dem Spuk ein Ende machen. Ich muss denen jetzt sofort reinen Wein einschenken. Das hier nimmt gespenstische Ausmaße an.

Inzwischen haben die Demonstranten vor der Tür mit ihrer Kundgebung angefangen. »Volksverräter, Volksverräter«, wird draußen gerufen. Ich will mir das Mikro nehmen und das ganze Missverständnis aufklären. Aber plötzlich gibt es Unruhe am Eingang. Ein Mann in Anzug und Krawatte, die Haare korrekt gescheitelt, hat sich von draußen in den Schankraum gedrängt. »Ihr sammelt hier Geld für die Asylschmarotzer. Aber das Unrecht gegen deutsche Kinder lässt euch kalt«, ruft er erzürnt. Er wird von den Besuchern der Grünen Mango niedergebrüllt. Pfiffe und Buh-Rufe werden laut. Dschunke sagt ins Mikro: »Ich finde es zu einfach, wenn wir unseren Besucher hier so platt niederbrüllen. Ihr wisst ja, was Rosa gesagt hat: ›Freiheit ist immer die Freiheit der Andersdenkenden.‹«

Dschunke zeigt zur Gemäldegalerie an der Wand. Da hängt sie – zwischen Lenin und Karl Marx. *Geboren 1871 in Polen, ermordet 15. Januar 1919 in Berlin* steht unter ihrem Porträt. Die Gute werde ich gar nicht mehr los, wie es scheint. Dschunke hält sie offenbar für einen Friedensengel. Aber so tolerant, wie er glaubt, war sie ja wohl nicht. Sie wollte doch auch, dass Gewalt gegen die Gegner der Revolution angewendet wird. Egal, jetzt ist nicht der richtige Moment, darüber zu diskutieren.

»Also denkt an Rosa, verhaltet euch gesittet und drückt dem Herrn ein Mikro in die Hand. Lasst ihn aussprechen.« Die Atmosphäre im Schankraum verändert sich. Alle atmen kurz durch. Die Menschen schalten wieder ihren Verstand ein. Der Anzug-

träger wird vorgelassen. Zwei Typen sind von draußen dazuge-
kommen. In ihren Lederjacken stehen sie wie Bodyguards neben
ihm und verziehen keine Miene. Der Anzugträger räuspert sich
kurz, dann sagt er: »Danke, dass Sie mir Gelegenheit geben, ein
paar Dinge geradezurücken. Beinahe jedes fünfte deutsche Kind
wächst in der Bundesrepublik in Armut auf. Statt für Flüchtlinge zu sammeln, sollten Sie lieber mal an eine Brennpunktschule
gehen und dafür sorgen, dass deutsche Kinder ein warmes Mittagessen in den Bauch bekommen.«

Eine Frau mit Nasenpiercing meldet sich zu Wort. »Kinderar-
mut gab es in Deutschland auch schon vor den Flüchtlingen. Sie
hat viele Ursachen. Man kann sie nicht den Flüchtlingen in die
Schuhe schieben. Was sollen wir mit den Leuten, die nach Berlin
kommen, Ihrer Meinung nach denn machen?«, fragt sie den Anzugträger. »Zurück in die Kriegsgebiete schicken?«

»Nicht alle kommen aus Kriegsgebieten. Die sollte man kon-
sequent ausweisen«, erhält sie zur Antwort.

Jetzt nimmt sich Lizzy das Mikro. »Ich will nicht abstreiten,
dass einige der UmFs Wirtschaftsflüchtlinge sind und aus bit-
terer Not hierhergeschickt wurden, um ihren Familien Geld zu
schicken. Aber wir setzen uns für Einzelschicksale ein. Für Biko
hier beispielsweise.« Sie deutet auf mich. »Für Biko lege ich persönlich meine Hand ins Feuer. Dem geht es nicht ums Geld. Ihr
habt ja gesehen: Er will unser Geld gar nicht«, ruft sie im Brust-
ton der Überzeugung. Die Leute applaudieren heftig.

Was soll ich nur tun? Gottfried! Wo ist Gottfried? Ich werde
von den Scheinwerfern geblendet.

Dschunke ergreift wieder das Wort: »Lizzy hat Recht. Where
are you from, Biko?«

»Aus'm Sauerland!«, murmele ich. Dschunke übersetzt das mit »Ich glaube, er hat gesagt, dass er aus Swasiland kommt.«

Swasiland? Wo in aller Welt liegt das? Dschunke weiß da mehr als ich. »Swasiland liegt im Süden Afrikas. Es ist eines der ärmsten Länder der Erde. Das Rechtssystem ist eine Katastrophe. Ein Land der Folter und der Todesstrafe.«

Die Leute draußen interessiert nicht die Bohne, woher die Flüchtlinge stammen. Nur dass sie wieder verschwinden, wäre ihnen wichtig. Egal wohin.

»Schickt sie zurück! Schickt sie zurück!«, wird auf der Straße gebrüllt. Es klingt wie ein finsteres Gewitter, das grollend näher kommt.

Der Redner im Anzug spricht inzwischen so, als sei er auf einer Wahlveranstaltung. »Wenn die Regierung behauptet: ›Wir schaffen das!‹«, ruft er gerade und hebt beschwörend die Hand, »dann antworten wir denen da oben klar und deutlich: Wir schaffen das ...«

Da klirrt plötzlich ein Fenster. Eine mit einer klaren Substanz gefüllte Wasserflasche kracht durch die Scheibe. Als jemand »Molly!« brüllt, schreit alles durcheinander. Bevor eine Massenpanik ausbrechen kann, lasse ich das Glas mit dem Spendengeld auf einen Sessel fallen, hechte der Flasche entgegen und fange sie ab, bevor sie auf dem Boden aufschlagen kann. Weniger als den Bruchteil einer Sekunde dauert es, dann fliegt die Flasche durch die zerborstene Fensterscheibe dahin zurück, wo sie herkam. Draußen knallt sie aufs Pflaster. In der Grünen Mango brandet Begeisterung auf. »Bravo!«, rufen die Leute. Und während ich noch kurz darüber nachdenke, ob ich mich jetzt verbeugen soll, explodiert mit der auf dem Pflaster zersplitternden

Glasflasche draußen das Pulverfass. Dschunke und Lizzy lotsen die UmFs zum Hinterausgang. Dann ist Lizzy wieder an meiner Seite. Sie ergreift meine Hand, zieht mich durch die Küche der Grünen Mango durch den Hinterausgang ins Freie. Vorne drängen die Wutbürger rein. Lizzy und ich landen in einem Hinterhof, der von einer zwei Meter hohen Mauer umgeben ist. Es kommt zu einem Stau, da viele Leute aus dem Lokal mit uns das Weite suchen. Die Menge fließt nicht schnell genug durch die schmale Tür zur Straße ab. »Gottfried!«, rufe ich. »Gottfried!«, kann ihn aber im Gedränge nirgends entdecken.

Ich höre, wie hinter uns Gläser zerbrechen, Flaschen umfallen, Stühle zu Bruch gehen. Wo ist Gottfried? Ich reiße mich von Lizzy los, dränge mich durch die Leute, die rauswollen, zurück ins Lokal. Drinnen hat eine Massenschlägerei begonnen. Die Glatzen von draußen treffen auf schwarz gekleidete Typen, die sich Sturmmasken über den Kopf gezogen haben. Im Lokal sind nur die Leute vom Publikum zurückgeblieben, die Lust auf Randale haben. Die vielleicht von Anfang an nur deswegen gekommen sind. »Gottfried!«, brülle ich. »Gottfried, wo bist du?« Ich entdecke ihn schließlich am Boden liegend. Zwei Kerle, die sich eine Sturmmaske über den Kopf gezogen haben, hocken auf ihm, ein weiterer will ihm gerade mit einer zerbrochenen Stuhllehne eins überbraten. Wahrscheinlich denkt er, dass Gottfried wegen seiner Glatze zu den Nazis gehört.

Ich kicke dem Vermummten die Stuhllehne aus den Händen. Stoße die beiden Idioten, die ihn auf den Boden nageln, zur Seite. Inzwischen hat mich ein Typ mit Springerstiefeln aufs Korn genommen: »Ein Neger!«, brüllt er. Plötzlich lassen alle Glatzen von ihren Gegnern ab. Im Bruchteil einer Sekunde stehen meine

Chancen, hier heil herauszukommen, ziemlich schlecht. »Weg hier!«, brüllt Gottfried und gibt mir einen Schubs. Wir springen über die Theke. Rein in die Küche. Dann durch die Hintertür raus in den Hinterhof. Geistesgegenwärtig habe ich daran gedacht, das Glas mit dem Spendengeld von der Bühne mitzunehmen. Es soll den Glatzen nicht in die Hände fallen. Ich stopfe mir die Scheine in die Taschen. Dann stehen wir im Hinterhof zwischen den Mülltonnen. Die Leute, die sich eben noch hier drängelten, sind inzwischen verschwunden. Die kleine Tür zur Straße haben sie verrammelt. Wir werfen uns dagegen. Nichts zu machen. Auf diesem Weg kommen wir nicht mehr raus. Der Trupp aus dem Lokal kommt drohend näher. Einige von ihnen haben Schlagstöcke in der Hand. Auf einmal habe ich Nerven aus Stahl. Das ist genau eine von den Situationen, auf die einen das Capoeira vorbereitet. Mit einem locker gesprungenen Mortal lande ich auf dem Müllcontainer. Schon ist Gottfried neben mir. Der Rest ist gut zu schaffen. Mit einem großen Satz überwinden wir die hohe Mauer und lassen uns auf dem Gehweg abrollen. Im Hinterhof brüllen sie durcheinander. Wir warten gar nicht erst ab, ob die Glatzen Lust zum Klettern haben, und sprinten davon. In der Ferne ist das Jaulen von Polizeisirenen zu hören. Wo sind die eigentlich die ganze Zeit gewesen?

»So ein Mist!«, schimpfe ich, als wir das Tempo schließlich drosseln.

»Was ist?«, fragt Gottfried besorgt. »Hast du dich verletzt?«

»Lizzy!«, sage ich traurig. »Sie ist weg. Und überhaupt. Sie denkt immer noch, ich bin ein Flüchtling. Außerdem habe ich das ganze Geld eingesteckt. Das muss ich zurückgeben. Wie soll es denn jetzt weitergehen?«

»Erst mal was essen. Dann in die Halle, trainieren«, sagt Gottfried gleichmütig.

Als wir später in der Mensa Abendbrot essen, hat er noch einen guten Tipp für mich auf Lager: »Du hast keine Chance, also nutze sie!« Das war eine der Weisheiten, die in der Grünen Mango an der Wand hingen. Die Sache mit Lizzy war tatsächlich ganz und gar verfahren.

ZEUGEN

Am nächsten Tag auf dem Weg zu Monsieur Vite sprechen wir noch mal über die Keilerei in der Grünen Mango. Im Internet stand, dass sie den Laden am Ende abgefackelt haben. Die Grüne Mango gibt es nicht mehr.

»Ich habe noch nie so eine Situation erlebt, bei der wildfremde Menschen nur noch aufeinander eindreschen wollen«, sage ich zu Gottfried.

»Wenn wir nicht abgehauen wären, hätten die uns krankenhausreif geschlagen. Die Rechten hätten auf dich wegen deiner Hautfarbe eingeprügelt, die Linken auf mich wegen meiner Glatze.«

»Ich hätte dich notfalls mit Gewalt da rausgeholt«, sage ich. Im Capoeira fügst du anderen allerdings erst dann Schmerzen zu, wenn alle anderen Mittel ausgeschöpft sind. Zum Glück war das gestern nicht nötig gewesen. Capoeira ist sehr streng und unmissverständlich, wenn es um die Anwendung von Gewalt geht. Im Grunde genommen trainierst du vor allem deswegen, um keine Gewalt ausüben zu müssen. Das Konzept habe ich so gut drauf, dass es mir schwerfällt, zu verstehen, warum die Menschen in Deutschland vor hundert Jahren so komplett ausgerastet sind. Sogar gebildete Menschen verlangten den Einsatz von Waffen.

»Der Staat war damals halt schwach«, sagt Gottfried. »Da hat dieser Friedrich Ebert von der Regierung in seiner Hilflosigkeit einen Pakt mit dem Teufel geschlossen, um für Ordnung zu sorgen. Ihm war sicherlich bewusst, dass Hauptmann Pabst gefährlich war und gegen die Arbeiterbewegung vorgehen würde. Aber Ruhe und Ordnung waren für ihn eben das Wichtigste.«

Monsieur Vite hat sich auf unseren Besuch vorbereitet. Apfelschorle und Salzstangen stehen bereit. Die Unterlagen aus Picos altem Schulranzen liegen auf dem Tisch. Ich greife nach einer Postkarte vom Eden Hotel, auf der die Bar zu sehen ist. »Jimmy« steht darüber.

Gottfried beugt sich über ein paar vergilbte Zeitungen vom Januar 1919. »Damals scheint ein ganz schönes Chaos in Berlin gewesen zu sein«, sagt er, als er nach einer Weile wieder hochsieht. »Vor Gewalt hat offenbar keine der beiden Seiten zurückgeschreckt.«

»Wer waren denn eigentlich die Guten?«, frage ich Monsieur Vite.

»Das müsst ihr selbst entscheiden«, gibt er mir zur Antwort. »Aber dafür müsst ihr die Geschichte erst mal zu Ende hören.«

Pico machte sich also auf den Weg zu seiner Frühschicht im Eden. Die Straße vor dem Hotel ist immer noch abgesperrt und entsprechend menschenleer. Als sein Blick auf den Haupteingang fällt, deutet nichts darauf hin, was sich in der Nacht ereignet hat. Alles sieht friedlich aus. Als würde das Hotel nach einer geruhsamen Nacht erwachen. Einer der Posten gähnt mit weit aufgerissenem Mund. Pico sind die schrecklichen Bilder der gestrigen Nacht noch immer eingebrannt. Liebknechts erstaunter Gesichtsausdruck, als er merkt, wie stark er blutet. Der

Priamus mit den abgeblendeten Scheinwerfern, die Kerle, die Rosa Luxemburg hier in Empfang genommen haben – er versucht, das alles wegzuschieben. Es war nur ein böser Traum, redet er sich ein. Wie er Donna versprochen hat, wird er sich im Eden nichts anmerken lassen.

Die vergangene Nacht ist jedoch auch an der übrigen Belegschaft des Hotels nicht spurlos vorübergegangen.

»Die arme Frau!« Auf dem Weg in den Aufenthaltsraum trifft Pico auf das weinende Zimmermädchen mit den roten Zöpfen und den vielen Sommersprossen. »Was ist denn los, Mietze? Hier, nimm mein Taschentuch und beruhige dich erst mal. So schlimm kann es doch nicht sein.«

Aber Mietze kann sich nicht beruhigen. »Wie sie die arme Frau herumgestoßen haben. Das war so roh. Die Soldaten haben sie halb totgeschlagen.«

Sie spricht von Rosa! Was mag sie gesehen haben? »Komm, wir gehen jetzt zusammen in den Personalraum und setzen uns hin. Und dann erzählst du mir, was gestern Nacht los war.«

»Die Soldaten haben sie fast die Treppe hinuntergestoßen. Dabei konnte sie doch so schlecht gehen, die kleine Frau. Sie hat doch gehinkt. Ihre Haare hingen ihr runter. Die ganze Frisur war aufgelöst. Die Männer in der Halle haben sie ausgelacht. »Vogelscheuche!«, hat einer gerufen. »Und Hure. Sie haben immerzu Hure geschrien ...«

»Ich hab gehört, wie einer von den Offizieren den Befehl gab, die beiden zu töten.« Ein junger Kellner gesellt sich zu ihnen.

»Das stimmt«, bestätigt der Bartender. »In der Nacht haben die Brüder bei mir im Jimmy's noch einen gehoben. Da war so ein Kerl mit dunklem Schnauzer. Der hatte die Taschen voll

Geld. Runge hieß der. Der hat eine Runde nach der anderen geschmissen.«

»Und? Was haben die sich so erzählt? Hast du was aufgeschnappt?«

»Wenn meine Lauscher richtig gehört haben, dann hat ein Leutnant Souchon der Rosa in den Kopf geschossen. Und danach haben sie die Leiche in den Landwehrkanal geschmissen. Hauptmann Vogel soll das befohlen haben. Bis Rosas Leiche wieder auftaucht, das kann dauern.«

»Rosas Kumpel ist inzwischen aber schon gefunden worden«, will der Portier vom Nachtdienst erfahren haben.

»Wer?«, fragt Pico. »Liebknecht?«

»Ja, der. Sie haben gestern eine unbekannte Leiche gegenüber vom Hotel bei der Rotkreuzstation eingeliefert. Sie hat einen Schnurbart und gleicht Liebknecht wie ein Zwilling dem anderen. Außer dass er ein sehr unschönes Loch im Hinterkopf hat.«

»Dieser Runge, der Kerl, der für alle die Zeche bezahlt hat, der hat sich gebrüstet, dass er ein schönes Sümmchen bekommen habe, um den beiden eins überzubraten«, flüstert der Bartender. »Ein Hauptmann Petri habe ihm eine großzügige Belohnung versprochen, wenn er erst den Liebknecht und hinterher auch noch die Luxemburg vermöbelt. Daher hat der Runge auch in der Nacht freiwillig Wache vor dem Eden geschoben.«

Mietze kann jetzt gar nicht mehr aufhören zu zittern. »Ich habe Angst!«, sagt sie leise. »Auf den Straßen die ganzen Schießereien … Und jetzt kommen sie sogar in unser Hotel!«

»Gleich gehste nach Hause, Mietze. Und dann vergisst du ganz schnell, was gestern war. Hörst du? Du hast nichts gesehen und gehört, wenn man dich fragt.«

Mietze nickt erleichtert. »Ja, gleich nach der Ansprache des Herrn Direktor mach ich los.«

»Der Ott will 'ne Ansprache halten? Warum das denn?«, fragt Pico verwundert.

»Was weiß denn ich? Ich weiß nur, dass wir im Speisesaal antreten sollen«, antwortet der Bartender. »Was meinst du, warum wir hier so zahlreich versammelt sind? Hast du geglaubt, hier gibt es etwas umsonst?«

»Umsonst ist nur der Tod!«, sagt Pico düster. »Geht schon mal vor. Ich muss noch was erledigen.« Er marschiert in Richtung Toilette ab. Dort angekommen, zündet er sich hastig eine Zigarette an. Was, wenn sich Pabst an den Cobbler der vergangenen Nacht erinnert hat? Was, wenn ihm schwant, dass er einen Zeugen für sein Mordkomplott hat? Was, wenn die Ansprache des Hoteldirektors eine Falle ist? Das Personal wird in einem Raum zusammengerufen und Pabst schreitet die Reihen ab. Auf der Suche nach dem unliebsamen Mitwisser. Pickt ihn dann raus und lässt ihn verschwinden. Wie Karl Liebknecht. Wie Rosa Luxemburg. Am liebsten würde er sich wie Mietze davonmachen. Da fällt ihm Donna ein. »Errege kein Aufsehen! Geh hin!«, würde sie jetzt sicher zu ihm sagen. Und dann rennt er zurück in den Speisesaal, um noch rechtzeitig an Ort und Stelle zu sein.

Er drängt sich als einer der Letzten in den Saal und sucht sich einen Platz ganz hinten.

»Meine Herrschaften, ich möchte Ihnen eine amtliche Bekanntmachung aus der heutigen Tageszeitung vorlesen über Ereignisse, die auch das Eden betreffen« Direktor Ott hat sich das Monokel ins Auge geklemmt und fängt an vorzulesen. Neben ihm hat sich ein Offizier aufgestellt. Der Mann in Uniform schenkt Pico keinerlei Beachtung. Ihm nicht und auch sonst niemandem im Saal.

Dann geht es hier also nicht um mich, versucht Pico sich zu beruhigen. Erst allmählich kann er sich auf das konzentrieren, was der Direktor sagt. »Autopanne im Tiergarten«, liest er gerade ganz nüchtern vor und beschreibt, dass Liebknecht erschossen wurde. Als das Auto wegen einer Panne stehen blieb, sei Liebknecht davongerannt. Da musste man ihn erschießen. »Auf der Flucht«. Der Ton des Direktors duldet keinen Widerspruch. Schon gar nicht von seinem Personal. Als Nächstes wird Rosa Luxemburg abgehandelt. Als sich in der vergangenen Nacht herumsprach, dass man die verhassten Arbeiterführer gefasst und ins Hotel gebracht habe, habe des Volkes Seele gekocht. Hunderte von Menschen seien da spontan zum Eden geströmt. Pico bekommt zu hören, dass aus der erregten Menschenmenge, die den Wagen umstellte, mit dem Rosa Luxemburg ins Gefängnis abtransportiert werden sollte, ein Schuss abgegeben worden sei. Von wem, sei unklar. Das Auto sei dann mit der sterbenden Frau davongebraust. Aber die Menschenmenge sei hinterher und habe Rosas Körper aus dem Auto gezerrt. Unter den Rufen: »Das ist Rosa!« Was danach mit der Toten geschehen ist, sei nicht bekannt.

Hoteldirektor Ott lässt sein Monokel sinken und blickt die Belegschaft streng an: »So ist es gewesen«, sagt er. Punkt. In den Gesichtern ist abzulesen, dass alle wissen, dass die Zeitung lügt, dass die Regierung lügt und dass der Hoteldirektor fordert, dass das Personal die Lüge glaubt. Keiner der Anwesenden hat etwas von einer aufgebrachten Menschenmenge gesehen. Nicht auf der Straße vor dem Hotel. Und schon gar nicht in der Eingangshalle. Alle wissen, dass das Hotel weiträumig abgesperrt war. Da hätte keine Maus durchschlüpfen können.

Aber wer jetzt das Maul aufreißt und dem Direktor widerspricht, wird schneller, als er bis drei zählen kann, aus dem Eden-Paradies vertrieben.

In die bleierne Stille hinein sagt der Offizier, der sich neben dem Hoteldirektor breitgemacht hat, mit knarrender Stimme: »Jawoll. So war es. So und nicht anders. Und wer von Ihnen meint, er habe in der vergangenen Nacht Gespenster gesehen und müsse das auch noch herausposaunen, der wird feststellen, dass wir uns das nicht bieten lassen werden.« Der Mann mit dem Gardestern am Kragen starrt in die Runde. Es mag Zufall sein, dass er während dieser Worte seine Hand genauso lässig wie drohend auf die Pistole an seinem Gürtel gelegt hat.

»Sie können Ihren Dienst jetzt wieder aufnehmen. Und denken Sie immer daran: Unsere Gäste dürfen sich auf unsere Verschwiegenheit verlassen. Diskretion, Diskretion.« Mit diesen Worten entlässt der Direktor seine Angestellten. Schnell leert sich der Raum. Auch der Offizier ist verschwunden. Pico fühlt sich wie nach einem der langen Gefechtstage im Schützengraben. Wenn er kaum glauben konnte, dass er noch am Leben war.

Aber dann, schon an der Tür, wird er von Direktor Ott noch einmal zurückgepfiffen. Sein Herzschlag setzt einen Moment lang aus. Er hat nur gewartet, bis ich allein bin. Jetzt liefert er mich aus, schießt es ihm durch den Kopf.

Zunächst scheint es ganz, als sei der Direktor in Plauderlaune. »Gut, dass Sie nach diesem unseligen Krieg wieder zu uns zurückgekommen sind«, sagt er freundlich zu Pico. Ganz der gütige Vater, als der er sich gern sieht. »Was man so hört, kommen Sie mit Ihren Aufgaben sogar noch besser zurecht als vor dem Krieg. Soldat sein hat noch keinem geschadet.« Er reicht Pico die Hand.

»Danke, Herr Direktor!«, sagt Pico mit einer leicht militärischen Verbeugung und fragt sich beunruhigt: Was will er nur von mir?

»Und – enttäuscht vom Empfang des Vaterlandes?«, fragt Ott lauernd.

»Bitter enttäuscht«, sagt Pico. Er hat begriffen, dass der Direktor ihm auf den Zahn fühlen will. Wie er zur Revolution steht. Ob sein Herz rechts oder links schlägt. Jetzt darf er keinen Fehler machen. Auf welcher Seite der Direktor ist, das war auch schon vor dem Verlesen der amtlichen Bekanntmachung klar.

»Wird Zeit, dass einer kommt und mit eisernem Besen durchkehrt«, sagt Pico zackig.

»Einer wie Hauptmann Pabst?«, fragt der Direktor und sieht Pico prüfend an. »Was halten Sie von ihm?«

»Genau der richtige Mann!«, antwortet Pico und schlägt die Hacken zusammen. »Höchste Zeit, dass einer für Ruhe und Ordnung sorgt in unserem Berlin. Ohne unsere Garde-Kavallerie-Schützen würde das Chaos um sich greifen.«

»Da mögen Sie Recht haben!«, sagt der Direktor wohlwollend. Dann lässt er ihn gehen. Doch nur wenig später wird Pico, kaum dass er sich endlich umkleiden konnte, in das große Direktorenzimmer mit dem wuchtigen Schreibtisch gerufen.

»Pico, hören Sie mal«, sagt Direktor Ott und winkt ihn zu sich heran. »Die Herren Offiziere wollen ihre Mahlzeiten ab sofort im ersten Stock einnehmen. Hauptmann Pabst besteht auf einem Kellner, der im Militär gedient hat. Und da sind Sie ja bei uns der Einzige. Ich möchte, dass Sie das Servieren während der Mahlzeiten übernehmen.«

»Sehr gern, Herr Direktor. Es ist mir eine Ehre!«, sagt Pico beflissen. Als Kellner des Generalstabs wird er unweigerlich Hauptmann Pabst wiedersehen. Er ist selbst darüber erstaunt, dass er bei dieser Vorstellung keine Angst mehr verspürt. Sein Gefühl sagt, dass Pabst ihn tatsächlich vergessen hat.

Mit einer leichten Verbeugung verabschiedet er sich. Die Anwesenheit von Bediensteten wird gern übersehen. Das hat er schon häufiger festgestellt. Als seien dienstbare Geister nur Gegenstände, keine Menschen. Wie oft hat er schon beim Servieren Dinge gehört, die ganz sicher nicht für fremde Ohren bestimmt waren. Wenn er bei der Garde serviert, wird er viel über die Vorhaben der Truppe erfahren.

Als er das Zimmer von Direktor Ott verlässt, hat er keinen Zweifel daran, was von diesem Tag an seine Aufgabe sein wird. Für Rosa, denkt er und stellt fest, wie radikal ihn die vergangene Nacht verändert hat. Für Donna und Rosa werde ich jetzt zum Spion.

DIE ROTE FAHNE

Beim Bedienen der Offiziere im Kleinen Salon erlaubt sich Pico nicht den kleinsten Fehler. Stets bleibt er zuvorkommend, nichts kann ihn aus der Ruhe bringen. Wird er zu den Speisen gefragt, kennt er nicht nur die Namen der Gerichte, sondern kann auch die Zutaten aufzählen. Salz, Pfeffer, Brot, Butter – alles steht stets am richtigen Platz. Vielleicht ist es die Angst davor, aufzufliegen, die ihn zu einem besonders aufmerksamen Kellner macht. »Na, der junge Kerl, den Sie uns da zugeteilt haben, ist ja auf Zack!«, lobt ihn Hauptmann Pabst leutselig, als er ihm mit Direktor Ott in der Lobby begegnet.

Vier Wochen steht er den Offizieren jetzt bereits zur Verfügung. Genau, wie er erwartet hat, übersehen die Männer seine Anwesenheit inzwischen vollständig. Sie nehmen in seiner Gegenwart kein Blatt mehr vor den Mund, wenn sie sich über die Lage in Berlin austauschen. Jeden Abend nach seiner Schicht berichtet Pico Donna darüber, was er Neues erfahren hat. Er weiß, dass sie alles, was er über die verhängnisvolle Nacht herausbekommen hat, auf verschlungenen Wegen der Redaktion der *Roten Fahne* zugespielt hat. Doch auch fast vier Wochen nach den Morden ist immer noch nichts über die wahren Hintergründe veröffentlicht worden.

Auch an diesem Februartag spricht man in der Offiziersmesse wie immer über Politik. Wieder einmal macht man sich darüber lustig, dass bei der Wahl am 19. Januar auch Frauen mitwählen durften.»Wie nennt man eine Frau, die 90 Prozent ihres Denkvermögens verloren hat?«, fragt ein Leutnant und sieht Beifall heischend in die Runde.»Witwe!«, prustet er heraus. Es wird anerkennend gelacht.

Zum Verdruss der Offiziere sind bei der Wahl zur Nationalversammlung Parteien gewählt worden, die für eine parlamentarische Demokratie stehen. Dass dies ganz klar der falsche Weg ist – darüber herrscht bei den Offizieren Einigkeit.»Deutschland braucht wieder einen starken Mann an der Spitze. Zu viele Köche verderben den Brei!«, sagt ein älterer Offizier, dem die neue Zeit besonders gegen den Strich geht.»Irgendwann wird einer aufstehen, der diesen wichtigtuerischen Schwätzern im Parlament das Maul verbietet!«

»Den würde ich sofort wählen. Sofern er gedient hat und vaterländischer Gesinnung ist«, sagt ein junger Leutnant.»Es ist eine Schande, dass die Regierung in Weimar zusammenkommen muss, weil man den Pöbel hier in Berlin immer noch nicht in den Griff bekommen hat. Das wäre unter dem Kaiser nicht möglich gewesen.«

Smutje wettert ebenfalls tagtäglich lautstark gegen die parlamentarische Demokratie, für die sich das Volk bei der Wahl entschieden hat. Wenn auch aus anderen Erwägungen.»Ich bin dafür, überall in den Betrieben Räte einzusetzen. Auf jedem Schiff, in jeder Werkstatt, auch bei den Truppen. Ich lass mir doch nicht von einem Sesselfurzer aus Berlin diktieren, wie lang ich auf meiner Werft in Wilhelmshaven arbeiten soll. Oder wie der Arbeitsschutz zu organisieren ist. Was weiß denn so ein Bürohengst davon? Ich bin dafür, dass in allen Betrieben Räte gewählt werden, die dann mit der Belegschaft gemeinsam bestimmen, wo es langgeht. Ich brauch kein Parlament. Und wenn die gewählten Räte sich als Flachpfeifen herausstellen, dann werden sie von der Belegschaft abgesetzt. Und nicht erst in vier Jahren, nein, rucki-zucki, gleich wenn sie Mist gebaut haben. Die Demokratie, die wir jetzt haben, ist nur eine neu verpackte Monarchie. Wir brauchen echte Demokratie! An der Basis, vor Ort!«

»Anstelle von echter Mitbestimmung haben wir eine Mogelpackung gekriegt!«, pflichtet ihm Donna bei. »Die halten die Arbeiter immer noch für zu blöd, um mitzureden. Und was mich am meisten ärgert, ist, dass man den Banken und Fabrikbesitzern nicht endlich das Geld abgenommen hat, das sie durch Ausbeutung und Kriegsgewinnlerei ergaunert haben. Ohne Enteignungen wird es keine Gerechtigkeit geben.«

Donna sieht alles, wofür sie jahrelang unter großen persönlichen Opfern gekämpft hat, vor die Hunde gehen. Die Revolution hat Menschen in den Sattel gehoben, die die Revolutionäre brutal zusammenschießen. Menschen wie Noske und Pabst. Sie ist bitter enttäuscht.

Seit sie die Toten der Januarunruhen beerdigt haben, kann nur noch Smutje sie aus ihrer trüben Stimmung reißen. 31 tote Revolutionäre, darunter auch Karl Liebknecht, hat man zehn Tage nach der schlimmen Nacht im Eden auf dem Friedhof in Friedrichsfelde zu Grabe getragen. Im Trauerzug hielten viele Menschen Schilder hoch, auf denen »Mörder« stand. Dem Zug wurde der Weg durch die Innenstadt verboten. Pabsts Truppen riegelten die Zugangsstraßen mit Maschinengewehren ab. »Selbst der Kaiser hätte es früher nicht gewagt, Maschinengewehre auf Trauernde zu richten!«, hatte sich Donna erbost. »Was für eine Schande!«

Rosas Leiche war immer noch nicht gefunden worden. Für sie hatte man bei der Trauerfeier einen leeren Sarg mitgeführt. Der Tod ihrer wichtigsten Anführer – die Arbeiter Berlins sind wie gelähmt. Die Aussicht auf ein menschenwürdiges Dasein, der große Traum von der Revolution: Er scheint begraben. Donna klammert sich an eine einzige Hoffnung: »Wenn die Arbeiter erst erfahren, was in der Mordnacht geschah, dann werden sie wieder auf die Straßen gehen und kämpfen.«

Als könne er Picos Gedanken lesen, sagt einer der Offiziere gerade: »Solange die Leute draußen nicht erfahren, was mit Luxemburg und Liebknecht passiert ist, werden sie schon nicht auf die Barrikaden gehen.«

Genau in dem Moment fliegt die Tür zum Speisesaal auf. »Wir haben eine undichte Stelle!«, zischt es. Pico steht mit dem Rücken zum Saal und arrangiert die Dessertschalen aus dem Speiseaufzug auf dem Servierwagen. Er dreht sich nicht um, gibt sich völlig uninteressiert. Obwohl es ihm schwerfällt, nicht zusammenzuzucken. Denn er erkennt die gepresste Stimme sofort: Hauptmann Pabst! Eine Zeitung raschelt hinter seinem Rücken. »Das, was in diesem widerlichen Schmierblatt steht, hätte nie an die Öffentlichkeit gelangen dürfen. Eine Schande ist das. Eine Schande!« Keiner sagt ein Wort. »Das Verfahren gegen unsere Männer war gerade dabei, im Sande zu verlaufen. Der Richter war längst auf Linie gebracht! Und jetzt? Passiert so etwas!«, redet sich Pabst in Rage und marschiert erregt durch den Saal. Jeder Schritt seiner Lederstiefel knallt wie ein Peitschenhieb auf dem Parkett. »Jetzt werden wir um eine groß angelegte Untersuchung nicht herumkommen.« Pabst brüllt nun geradezu. »Die Arbeiter werden Amok laufen, wenn sie diese

Ausgabe der *Roten Fahne* lesen. Stellen Sie sich auf neuen Aufruhr auf den Straßen ein.« Dann senkt er seine Stimme. Pico läuft es eiskalt über den Rücken, als der Hauptmann scheinbar ohne jegliche Gefühlsregung sagt: »Wenn ich das ehrlose Verräterschwein erwische – dem brech ich höchstpersönlich sämtliche Knochen. Eine Patrone wäre zu schade für den Lump.« Dann fällt die Tür zu. Pabst hat den Raum verlassen.

Von nun an muss ich noch vorsichtiger sein!, macht Pico sich klar, als er den Salon mit dem schmutzigen Geschirr auf dem Servierwagen am frühen Nachmittag verlässt. Pabst und seine Männer werden keine Ruhe geben, bis sie herausgefunden haben, wer der *Roten Fahne* die Informationen zugespielt hat.

Nach seinem Dienst kauft Pico von einem Zeitungsjungen die *Rote Fahne*. »Leo Jogiches« steht unter dem Artikel. Donna hatte von dem Russen erzählt, der die *Rote Fahne* nach Rosas Tod weiterführt. Rosa Luxemburg und er waren ein Paar gewesen. Aber das war lange her. Als die Liebe vorbei war, blieben sie Freunde. Verbunden durch ihren politischen Kampf.

In dem Zeitungsartikel werden nicht nur die Dinge genannt, die Pico herausgefunden hat. Offenbar hat Leo Jogiches weitere Einzelheiten über den Mord an Karl Liebknecht ermittelt und darüber in der Roten Fahne genauestens berichtet:

»1. Sie ließen das Automobil ohne wichtigen Grund diesen nahezu unbeleuchteten Umweg fahren.

2. Sie haben die Lüge erfunden, dass das Automobil unterwegs eine Panne erlitten habe.

3. Diese erlogene Panne trat genau in dem Augenblick ein, als das Automobil sich an einem völlig unbeleuchteten Nebenweg befand.

4. Sie haben erfunden, Liebknecht habe einen Fluchtversuch gemacht ...«

Der verletzte Liebknecht, der nicht mehr in der Lage war, eigenständig zu gehen, sei in einen unbeleuchteten Fußgängerweg hineingeführt und nach zwanzig Schritten aus allernächster Nähe erschossen worden, heißt es in der *Roten Fahne.* »*Den ersten Schuss gab Kapitänleutnant Pflugk-Harttung ab.*« Atemlos liest Pico weiter: »*Unser verantwortlicher Redakteur wurde als Zeuge geladen, um festzustellen, wer uns das Material geliefert habe.*« Picos Herz fängt an zu galoppieren. Er spürt in jeder Faser seines Körpers die Gefahr, in der er schwebt. Wenn Leo Jogiches nicht dichthält, werden sie ihn – Pico – verhaften. Seine Beunruhigung nimmt noch zu, als er gegen Ende des Artikels liest: »*Wir klagen Hoteldirektor Ott der Verleitung zum Meineid an. Er hat am Tage nach dem Mord die erfundene Darstellung von dem Mord dem Hotelpersonal vorgelesen zu dem Zwecke, es von der Aussage der Wahrheit abzuhalten.*« Sie wissen jetzt, dass es jemand vom Personal gewesen sein muss, der der *Roten Fahne* die ganzen Informationen zugespielt hat. Kalte Angst kriecht in Pico hoch. Wie im Krieg, wenn die Einschläge immer näher kamen und er wusste, dass es ihn jeden Augenblick erwischen konnte.

Hauptmann Pabst wird den Mann, der das geschrieben hat, nicht ungeschoren davonkommen lassen. Und auch nicht den, der seine Quelle war.

MÄRZUNRUHEN

»Solange noch etwas Rum in der Flasche ist und ein paar Äppel im Fass, kann die Reise weitergehen!«, sagt Smutje, als sie drei Wochen später nach Picos Schicht in Donnas Wohnung zusammentreffen. Smutje hat Kaviar aufgetrieben. Sogar den echten aus Russland. Die roten Matrosen haben da so ihre Kanäle. Aus dem gleichen Kanal hat er auch einen Liter Wodka bezogen und mitgebracht. Jetzt lassen sie die Flasche kreisen. Donna hat Kartoffeln gekocht. Und Pico hat ein Stück gute Butter aus dem Eden abzweigen können, das ihm die Köchin zugesteckt hat.

»Smutje hat Recht!«, sagt Donna mit funkelnden Augen, nachdem sie sich gestärkt haben. »Die Reise geht tatsächlich weiter. Am 3. März wird der Generalstreik ausgerufen.«

»Übermorgen schon?«, fragt Smutje überrascht. Donna kommt gerade von einer Arbeiterversammlung und berichtet voller Begeisterung von den Diskussionen.

»Inzwischen sprechen alle von der zweiten Revolution, die jetzt kommen muss. Sonst ist alles verloren. Sie haben alle Arbeiter darauf eingeschworen, höchste Besonnenheit zu zeigen. Die Leute werden während des Streiks die ganze Zeit über in den Betrieben bleiben. Dieses Mal wird es keine Schießereien geben, damit Noske keine Gelegenheit bekommt, wieder Blut zu vergießen.«

»Du wirst es erleben, meine Nixe. Sobald die Arbeiter zeigen, dass noch Leben in ihnen ist, wird Noske seine Kanonen auspacken. Notfalls dichtet er den Leuten Untaten an, die sie gar nicht begangen haben. Einfach, um hart durchgreifen zu können.«

»Nee, Smutje. Lass mal deine Schwarzseherei. Dieses Mal habe ich ein gutes Gefühl«, sagt Donna voller Überzeugung. »Jedenfalls müssen wir uns gut auf den Sturm vorbereiten. Sonst wird die Revolution am Ende noch zum Geisterschiff. Und treibt steuerlos übers Meer«, brummt Smutje.

In den letzten drei Wochen war Donna von Versammlung zu Versammlung gelaufen. Sie hatte sogar angefangen, selbst Reden in den Betrieben zu halten. »Wir fordern die Verhaftung der Mörder Karl Liebknechts und Rosa Luxemburgs«, hatte sie den Arbeitern am Ende ihrer Ansprachen immer zugerufen. »Es ist noch nie Blut vergossen worden, das lauter geschrien hätte.« Seit sie die Informationen über die Morde an Liebknecht und Rosa Luxemburg beschafft hat, gehört sie zum inneren Kern des Streikkomitees.

Am Ende ihres Festmahls hat Smutje schon ordentlich einen im Kahn. Aber er schwankt nicht das kleinste bisschen, als er sein Glas auf Donna erhebt. »Ich habe schon in manchem Hafen eine Braut gehabt. Aber nie eine wie dich, meine Nixe. Wenn wir das Ganze hier überleben, dann pack ich dich in meinen großen Überseekoffer und nehm dich mit nach Hause.«

In weniger als einer Minute ist er in der warmen Küche eingeschlafen. Und Donna macht ein Gesicht, als wäre sein durchdringendes Schnarchen die reinste Engelsmusik. Als er sich zur Seite dreht, sieht Pico, dass der große Matrose einen Lederriemen um den Hals gebunden hat. Daran hängt ein verzierter Schlüssel. »Was hat Smutje da für einen Schlüssel?«

»Das ist ein Erinnerungsstück!«, sagt Donna und lacht schallend.

»Erinnerung? Woran?«

Donna antwortet glucksend: »Glaub mir, Jungchen, das willst du nicht wissen.« Mehr ist ihr über den geheimnisvollen Schlüssel nicht zu entlocken.

Smutje behält Recht mit seiner düsteren Prophezeiung. Kaum geht der Streik am 3. März los, sind Noskes Truppen da. Als gelte es, die Forderungen der Arbeiter im Keim zu ersticken: Freilassung aller politischen Gefangenen, Verhaftung von Personen, die an politischen Morden beteiligt waren, sofortige Auflösung aller Freikorps, Abschaffung des stehenden Heeres und Anerkennung der Arbeiter- und Soldatenräte. Außerdem sollen Noske und Ebert als Verräter der Revolution vor ein Tribunal gestellt und verurteilt werden. Die gewählte Regierung antwortet auf diese Forderungen nicht mit Worten, sondern mit Gewalt. Die Hauptstadt erlebt Straßenkämpfe, wie es sie noch nie zuvor auf deutschem Boden gegeben hat. Scharfschützen stürmen die Barrikaden der Aufständischen. Granate um Granate wird abgefeuert. Sogar von Jagdflugzeugen wird die Bevölkerung bombardiert. Auch als der Generalstreik längst beendet ist, gehen die Straßenkämpfe weiter. Und die Zeitungen berichten über die Unruhen, wie es am besten zu ihrer politischen Meinung passt.

Sieben Tage nach Beginn des Streiks knallt Smutje ihnen die Morgenausgabe des *Vorwärts* auf den Überseekoffer. »Hier, lest mal!«, schimpft er und kann sich gar nicht mehr einkriegen vor Empörung. »Wir sollen sechzig Polizisten auf dem Gewissen haben. Auf dem Polizeirevier in Lichtenberg hat angeblich nur der kleine Sohn des Polizeipräsidenten überlebt. Dieses SPD-

Blatt schreibt wortwörtlich: ›*Sechzig Polizisten und einige Dutzend Regierungssoldaten sind wie Tiere abgeschlachtet worden, aus dem einzigen Grund, weil sie ihre Pflicht taten!*‹«

Donna runzelt die Stirn. »Ist da etwas dran?« fragt sie.

»Ich war natürlich selbst geschockt, als ich davon gehört habe. Ich bin dann sofort zu dem Polizeirevier hin, um nachzusehen, was Sache ist.«

»Und?«, fragt Donna besorgt, »was war?«

»Nix war«, sagt Smutje zornig, »die Ermordeten saßen gerade beim Mittagstisch und fraßen mit gesundem Appetit ihren Grünkohl!«

»Gräuelmärchen wie diese bringen die Leute noch mehr gegen die Sache der Arbeiter auf«, sagt Pico.

»Genau!«, bestätigt Smutje. »Noske hat inzwischen einen Freifahrtschein. Und die Leute applaudieren ihm. Er hat gestern einen Befehl unterschrieben, den ihm Pabst vorgelegt hat: Jede Person, die mit einer Waffe angetroffen wird, ist sofort zu erschießen. Und damit nicht genug: Neben diesem Schießbefehl hat Pabst einen weiteren Befehl erlassen. Seine Leute sollen sofort das Feuer auf Menschen eröffnen, in deren Wohnungen Waffen gefunden werden. Ob die Bewohner nun von ihren Waffen Gebrauch machen oder nicht. Das ist eine Lizenz zum Morden!«

»Diese Bluthunde!«, sagt Donna entsetzt.

»Es gibt noch mehr schlechte Nachrichten«, sagt Smutje und lässt sich auf eine von Donnas Obstkisten fallen. »Unsere Einheit wird aufgelöst. Morgen gibt es den ausstehenden Lohn und dann: Abmarsch. Wir sollen zurück nach Kiel. Damit wir hier aus dem Weg sind.«

Eine Weile ist es still in der kleinen Küche.

»Wir müssen den Dingen ins Auge blicken, Donna: Solange der Schießbefehl gilt, müssen wir in Deckung gehen. Sonst laufen wir ins offene Messer. Morgen hol ich mir meinen Lohn. Und dann segel ich ab aus Berlin. Und du kommst mit!« Er legt seinen Arm um ihre Schulter.

»Ach Smutje!«, sagt sie und schaut mit einem schiefen Lächeln zu ihm auf. »Ich kann jetzt nicht so überstürzt aufbrechen. Aber ich komme nach. Das ist ja klar.«

Drei Tage später trifft Pico eine verweinte Donna vor seinem Dienst an ihrer Laterne.

»Und?«, fragt Pico.

Donna schließt die Augen und schüttelt nur stumm den Kopf. Also immer noch keine Nachricht von Smutje.

»Man spricht inzwischen schon von 1200 Toten!«, sagt sie bedrückt.

»Das heißt noch lange nicht, dass Smutje darunter ist. Seit wann ist er jetzt schon verschwunden?«

»Zuletzt habe ich ihn vor zwei Tagen gesehen. Am 11. März. Du weißt doch, da sollten die Matrosen endlich ihren ausstehenden Lohn erhalten. Sie hatten ja wochenlang kein Geld gesehen. Um zehn Uhr morgens ist er von mir weg. Zur Kassenverwaltung in der Französischen Straße. Und danach – nichts mehr. Du kennst doch Smutje. Der verschwindet nicht so einfach. Glaub mir, Pico, da muss etwas Schreckliches geschehen sein!«

»Ich hör mich mal um!«, verspricht Pico. »Vielleicht ist im Hotel etwas zu erfahren.«

»Ich habe Angst. Vor allem wegen Noskes Schießbefehl«, murmelt Donna. »Die Männer von Pabst machen inzwischen jeden kalt, der ihnen vor die Flinte läuft. Was, wenn sie sich nun meinen Kerl aufs Korn genommen haben …« Sie wischt sich die Tränen, die ihr übers Gesicht rinnen, mit dem Ärmel ihres Mantels ab. Pico weiß nicht, was er sagen soll. Tröstend legt er ihr seine Hand auf die Schulter.

»Weihnachten hatten die Soldaten doch auch Skrupel, in die Menge zu schießen«, sagt er, um ihr Mut zu machen.

»Aber diese Skrupel haben sie mittlerweile abgelegt. Inzwischen schießen sie auf alles, was verdächtig scheint, auch auf Frauen und Kinder. Sie ballern sogar durch Fenster in die Wohnungen rein. Behaupten einfach, aus diesem oder jenem Haus heraus sei geschossen worden. Ganze Häuserzüge haben sie mit Flammenwerfern verwüstet.«

Pico weiß, dass Donna nicht übertreibt. Recht und Gesetz gibt es nicht mehr. Es ist einem allgemeinen Hauen und Stechen gewichen. Wobei die Soldaten die besseren Waffen als die Arbeiter und Matrosen haben. Und sie machen rücksichtslos davon Gebrauch. In Berlin herrscht Krieg – weitaus schlimmer noch als im Januar. Bürgerkrieg. Die Spirale der Gewalt schraubt sich immer weiter hoch.

»Ich muss los, Donna«, verabschiedet er sich schließlich. »Ich bin spät dran. Ich komme nach der Schicht noch mal bei dir vorbei.«

Da weder Pabst noch seine Offiziere sich in diesen unseligen Märztagen viel im Eden aufhalten, wird er erst am Nachmittag wieder für den Kleinen Salon angefordert, um einer Gruppe junger Offiziere dort ihren Mokka zu servieren. Dabei schnappt er auf, dass über die Französische Straße gesprochen wird. Hatte Donna nicht gesagt, Smutje habe sich dorthin auf den Weg gemacht? Er spitzt die Ohren, während er mit seinem Tablett um den vollbesetzten Tisch wandert. Einer der jungen Kerle scheint eine dolle Geschichte auf Lager zu haben. Der ganze Tisch hat sich ihm zugewandt.

»Wir hatten Befehl von oben, so viele Matrosen wie möglich zu verhaften. Also legten wir einen Köder aus. Man machte den blauen Jungs vor, dass sie Löhnung erhalten sollten. Da kamen sie hübsch einer nach dem anderen zur Kassenstelle. Natürlich unbewaffnet. Und – zack – schnappte unsere Falle zu. Es war ein Klacks, sie zu überwältigen.«

Sein Sitznachbar, ein Feldwebel mit breitem Schmiss auf der Stirn, fällt ihm ins Wort. »Wir haben ungefähr 300 Mann einkassiert. Viel mehr als erwartet. Und unser guter Leutnant Marloh wusste nicht so recht, was er mit den Kerlen anstellen sollte. Er ließ also beim Oberst anfragen. Der watschte den Marloh erst einmal ab. Ließ ihm ausrichten, dass er ein Schlappschwanz sei und dergleichen. Womit er ja nicht ganz Unrecht hat. Jedenfalls befahl er ihm dann, so viele kaltzumachen wie möglich. ›300 Matrosen kann ich gar nicht unterbringen. Erschießen Sie alles, was Sie erschießen können‹, ließ er ihm sagen.«

Sein Kamerad stellt die Mokkatasse ab und wendet sich wieder an die Tischrunde. »Leutnant Marloh sortierte also nun ein Grüppchen von 32 Matrosen aus, stellte sie an die Wand, und wir erhielten den Befehl, mit unseren Maschinengewehren draufzuhalten. Als sie kapiert hatten, was das Stündlein geschlagen hatte, schrien die Matrosen: ›Es lebe die Revolution!‹ Unbelehrbar bis zum bitteren Ende.«

Pico erstarrt. Smutje! Ist auch Smutje unter den Toten? Seine Hände fangen an zu zittern. Aber es gelingt ihm, nichts zu verschütten. Mit starrem Gesicht steht er an seinem Platz, das Tablett mit der Mokkakanne in den Händen. »Die restliche Bande wurde dann nach Moabit gebracht. Aber seit gestern Nachmittag hat man sie wieder auf freien Fuß gesetzt. Es gibt wohl beim besten Willen nichts, was man den Kerlen anhängen könnte ... Also wieder einmal: alle Mühe umsonst. Es ist zum Kotzen.«

»Trotzdem: gute Arbeit!«, wird der Feldwebel von einem der Zuhörer gelobt, »immerhin habt ihr eine ganze Reihe von den roten Mistkerlen unschädlich gemacht.«

»Nur ein toter Matrose ist ein guter Matrose!«, gibt der mit dem Schmiss zum Besten. Worüber in der Runde herzlich gelacht wird.

Pico fürchtet sich an diesem Tag vor dem Dienstende. Wie soll er Donna nur diese Nachricht überbringen? Wenn Smutje sich seit gestern nicht gemeldet hat, gibt es kaum Zweifel – er wird unter den toten Matrosen sein. Es ist besser, sie erfährt es von mir als von Smutjes Kameraden, sagt er sich, als er an ihre Tür klopft.

»Ach Jungchen, wie schön, dass du kommst!«, sagt Donna, als sie ihm öffnet. Sie sieht ganz anders aus als am Morgen an der Laterne. Sie lächelt sogar ein wenig. Pico muss den Blick abwenden. Er spürt einen dicken Kloß im Hals.

»Was haste denn, Jungchen. Du bist ja ganz blass!«, fragt Donna besorgt. Doch er steht da und ringt nach Worten.

»Na, komm erst einmal rein in die gute Stube«, sagt sie schließlich. »Smutje ist von den Toten wiederauferstanden.« Sie schaut aufmerksam auf den Hof hinaus und zieht dann die Tür hinter ihm zu. »Er muss sich aus Berlin verdrücken. Du bist gerade noch rechtzeitig gekommen, um ihm Tschüssing zu sagen.«

Pico folgt ihr in die Küche. »Wie hast du es geschafft, davonzukommen?«, fragt er verblüfft, als er Smutje dabei zusieht, wie der eilig seine Siebensachen zusammensucht und in eine große Tasche stopft.

»Bei schönem Wetter kann jeder segeln. Erst bei Sturm zeigt sich der wahre Kapitän«, sagt Smutje und lacht sein dröhnendes Lachen. »Ich muss aus Berlin verschwinden, Pico. Sie sind hinter mir her.« Er rollt seine blaue Matrosenjacke zusammen und stopft sie in die Tasche.

»Wieso lebst du überhaupt noch?«, fragt Pico, während Smutje sich eine Arbeiterjacke überstreift und Donna ihm einen dicken Schal um den Hals wickelt.

»Als ich in der Französischen Straße ankam, war ich einer der Letzten in der Schlange. Und wie ich da so anstehe, frage ich mich plötzlich, warum so viele Kameraden in die Kassenstelle reingehen, aber kein Einziger wieder rauskommt. Und in dem Moment taucht wie aus dem Nichts so 'ne junge Deern in Männerhosen auf und sagt ganz aufgeregt: ›Die verhaften jeden, der durch die Tür geht. Kommt mit. Ich zeig euch, wo ihr euch verstecken könnt!‹ Wir waren noch etwa fünf Mann. Die anderen nahmen die halbe Portion nicht für voll. Hatten wohl auch Angst, dass es Essig wird mit ihrem Lohn, wenn sie sich jetzt verdrücken. Die bleiben also stur stehen. Aber ich bin mit ihr abgehauen. Ich kannte die Kleine nämlich. Sie war ein paarmal nachts bei dir, Donna.«

»Pippa«, sagt Donna. Pico starrt sie mit offenem Mund an.

Woher kennt Donna das Mädchen? Und warum hat sie das vor ihm verheimlicht?

Smutje hat jetzt alles eingepackt. Er zieht sich eine Schirmmütze tief ins Gesicht. »So, jetzt würde mich nicht mal meine eigene Mutter erkennen«, sagt er mit einem Blick in Donnas kleinen Spiegel zufrieden. »Wo war ich stehengeblieben? Ach ja: Ich bin dem Mädchen dann also nach. Die Soldaten wie die Luzie hinter uns her. Da war natürlich klar, dass was faul ist. Wir also rein in ein altes Brauhaus. Sie schiebt mich zu einer Falltür, wir springen die Leiter runter. Klappe zu, Affe tot. Die sind über uns rumgetrampelt wie eine Herde Elefanten, aber dass da eine Falltür ist, haben sie nicht gemerkt.«

»Und warum kommst du erst jetzt zurück? Donna hat sich große Sorgen gemacht.«

»Die Deern ist irgendwann vorsichtig hoch und hat die Lage gepeilt. ›Im ganzen Viertel suchen sie nach dir‹, sagt sie, als sie zurückkommt. ›Sie wissen sogar, wie du heißt.‹ Die waren richtig heiß darauf, mich zu schnappen. Ich musste zwei Tage auf Tauchstation gehen. Die Meute hat inzwischen herausbekommen, dass ich die Schlüssel vom Stadtschloss versteckt habe.«

»Du hast was?«, fragt Pico.

»Ach, wusstest du das nicht? Am Tag vor Weihnachten hatte ich mir die Schlüssel vom Schloss besorgt und sie bei der Rückgabe gegen die Schlüssel der Schultheis-Brauerei ausgetauscht. Die Brauerei wurde doch auch von uns Matrosen bewacht. Deshalb standen Pabsts Schützen Weihnachten wie die Idioten am Stadtschloss und kamen nicht rein. Wir haben uns drinnen kringelig gelacht. Tja, Pabst ist leider gesteckt worden, dass es meine Wenigkeit war, der ihn und seine Leute damals zu Deppen gemacht hat. Jetzt will er mich baumeln sehen. Leute, macht es gut. Ich segel erst mal ab. Der Boden in Berlin ist zu heiß für mich geworden.« Bevor er hinausgeht, streicht er Donna über die Wange. »Den Koffer lass ich für dich da, meine Nixe. Da kannst du dein Geklimper reintun, wenn du hier alles geordnet hast. Im Geheimfach ist noch Geld. Und da liegt auch ein Zettel, wo du mich findest.« Dann ist Smutje weg.

»Warum hast du mir nicht gesagt, dass du Pippa kennst?«, fragt Pico aufgebracht, sobald sie allein sind.

Donna antwortet mit einer Gegenfrage: »Weißt du, was sie mit Leo Jogiches gemacht haben? Dem Mann, der den Zeitungsartikel geschrieben hat? In der *Roten Fahne*? Über die Nacht, als Karl und Rosa ermordet wurden?«

Pico schüttelt den Kopf.

»Sie haben ihn erschossen. Auf der Flucht! Wie auch sonst.«

»Aber – das stimmt nicht?«

Donna schüttelt müde den Kopf. »Das mausert sich heutzutage zu einer beliebten Todesart: auf der Flucht erschossen zu werden!«, sagt sie bitter. »Erst Liebknecht und jetzt Jogiches. Ist wohl ansteckend.«

»Woher weißt du von der Sache mit Jogiches?«

»Ein Mithäftling«, sagt Donna. »Ein Genosse. Er ist heute Nachmittag aus dem Gefängnis freigekommen und hat alles mit eigenen Augen gesehen. Erst haben sie ihn stundenlang verprügelt. Und dann ist ein Schuss gefallen. Ein Polizeibeamter namens Tamschick hat Leo am Ende abgeknallt. Als er längst am Boden lag. Dieser Tamschick gehört zu Pabsts Leuten. Einer seiner Agenten. Damit hat sich Pabst dafür gerächt, dass er aufgrund von Leos Artikel in der *Roten Fahne* nun doch vor

Gericht erscheinen muss.« Donna lässt sich müde auf den Koffer sinken und schaut Pico eindringlich an. »Was meinst du denn, was sie mit dir machen, wenn sie rauskriegen, dass du die Quelle von Leo Jogiches warst? Meinst du, sie werden dich mit Samthandschuhen anfassen?«

Pico zuckt mit den Schultern.

»Wenn du jemals hörst, dass sie mich einkassiert haben, dann sieh zu, dass du Berlin auf dem schnellsten Weg verlässt. Versprich mir das!«

»Hoch und heilig!«, sagt Pico und erhebt die Hand wie zum Schwur.

»Ich kann nicht garantieren, dass ich dichthalte, wenn sie mich in die Mangel nehmen. Wenn sie mir die Knochen einzeln brechen, spuck ich womöglich sogar deinen Namen aus. Und auch du kannst nicht sagen, was du alles preisgibst, wenn sie dir Schmerzen zufügen. Glaub mir, Jungchen, es ist besser für dich, wenn du nichts über Pippa weißt. Besser für dich und besser für sie. Schwarze Katzen gibt es nicht. Punkt. Also frag nicht weiter.«

»Wenig später fand Pico Pippa auch ohne Donna wieder. Aber davon erzähle ich euch morgen«, sagt Monsieur Vite und gähnt. »Los, Zeit für euch, in die Falle zu gehen!«

LIZZY

»Danke, dass ich dein Rad ausleihen darf!«, sage ich am nächsten Tag zu Gottfried, als er mir den Schlüssel für das Fahrradschloss in die Hand drückt.

»Ist doch klar, dass du Lizzy finden musst! Und Dschunke das Spendengeld zurückgibst«, sagt er.

Wir hatten im Gemeinschaftsraum zusammen gegoogelt, um herauszufinden, zu welchem Kulturhaus Dschunke und sein »Refugees-Welcome«-Bus gehören. Schließlich hatten wir das Kulturhaus in Friedrichsfelde gefunden. Ein bunt bemalter Treffpunkt, in dem Hausaufgabenhilfe stattfindet. Und zahlreiche Freizeitangebote: Töpfern, Yoga, Pilates. »Das ist nicht weit von dem Friedhof entfernt, auf dem man Rosa Luxemburg und Karl Liebknecht damals bestattet hat«, sagt Gottfried und tippt auf die Karte. »Monsieur Vite hat mir davon erzählt. ›Ihr könnt euch gelegentlich die Gedenkstätte für die ermordeten Sozialisten ja mal ansehen‹«, hat er gesagt. »Soll ein schöner, ruhiger Ort sein.«

»Danke für den Tipp«, sage ich, auch wenn mich wenig bis gar nichts auf den Friedhof zieht. Ich will Lizzy wiedersehen. Und habe gleichzeitig einen Mordsschiss davor. Sie wird stinksauer auf mich sein.

Als ich mich dem Kulturhaus nähere, denke ich zuerst, ich hab mich in der Straße geirrt. Es hängt jede Menge Wäsche zum Trocknen aus den Fenstern im ersten Stock. Und dann sind da diese vielen, vielen Menschen. Sogar auf den Stufen, die zum

Eingang führen, hocken Männer und Frauen. Ergeben warten sie darauf, dass für sie Feldbetten in das große Zelt im Hof gestellt werden. Manche liegen bereits zusammengekauert in einer Ecke auf dem Boden der Eingangshalle und versuchen zu schlafen, während Menschen auf dem Weg zur Toilette oder zum Gemeinschaftsraum über sie hinwegsteigen. Überall sind Kinder. Manche quengeln, andere sind so still, dass es fast unheimlich ist. Was mögen sie auf der Flucht erlebt haben?, frage ich mich.

»Ich will das Geld zurückbringen«, sage ich bereits zum zweiten Mal zu einer Frau im Büro des Hauses. Katrin heißt sie. Hennagefärbte Haare, eine Halskette aus honigfarbenen Holzkugeln. Sie ist hier die Sozialarbeiterin, erklärt sie mir. Dschunke ist am Bahnhof mit seinem Bus, hat sie mir schon erzählt.

»Wieso zurückbringen? Was ist das für Geld?«, fragt sie mich unkonzentriert.

Bevor ich antworten kann, klingelt das Telefon.

»Ja, Kleidungsspenden sind uns willkommen. Für jüngere Kinder haben wir eigentlich genug. Aber für Fünfzehn-, Sechzehnjährige ... ja, gut. Bringen Sie die Sachen vorbei. Bis später dann!«

»Am besten, du rufst mal Lizzy an und sagst, dass sie herkommen und alles erklären soll«, schlage ich vor.

»Lizzy? Wenn wir von derselben Lizzy sprechen, dann kommt die erst am Nachmittag. Die geht ja noch zur Schule«, sagt sie und muss schon wieder den Hörer abheben.

»Also, woher hast du nun das Geld?«, fragt sie, nachdem sie aufgelegt hat. Aber wir werden schon wieder unterbrochen. Jetzt rufen Leute vom Fernsehen an. Wollen über die verheerende Situation der Flüchtlinge informieren.

»Ja, das unterstützen wir gern! Wenn ihr darüber berichtet, was hier abgeht, wird es richtig peinlich für die Regierung!«, sagt die Sozialarbeiterin. »Sie wollen wissen, wie die aktuelle Lage ist? Verzweifelt, kann ich da nur sagen: Die Flüchtlinge haben erst Anspruch auf Unterstützung, wenn sie sich registrieren konnten. Das dauert allerdings im Moment Tage, wenn nicht Wochen. Die Behörden versagen. Punkt. So isses nun mal. Wir vom Kulturhaus sorgen mit vielen ehrenamtlichen Helfern, so gut wir es eben können, dafür, dass die Leute erst mal ein Dach über dem Kopf haben und etwas zu essen kriegen. Sonst müssten die Flüchtlinge nach ihrer Ankunft in Berlin auf der Straße schlafen. Wie lange wir das leisten können? Nicht mehr lange! Wir sind alle halb tot vor Erschöpfung.« Das Fernsehteam will um 16 Uhr kommen. Da bin ich schon längst wieder in der Schule. Ich will hier ja nur das verdammte Geld abgeben und nach Lizzy Ausschau halten.

Ich halte Katrin das Geld hin. Aber da die Leute, die einen Duschcontainer auf den Hof gestellt haben, wissen wollen, wo sie die Leitungen anschließen können, hat sie noch immer keine Zeit für mich. »Bin gleich wieder da!«, ruft sie mir zu und saust davon. Ergeben lasse ich mich auf einen Stuhl fallen. Das wird wohl noch dauern, bis ich hier mein Geld loswerden kann.

Irgendwo draußen vor dem Büro ist lautes Kindergeschrei zu hören. Dann gehen Gläser zu Bruch. Man hört einen Ball mehrfach aufprallen. Irgendjemand ruft verzweifelt: »Kann sich mal einer um die Kinder kümmern? Bitte!« Und von dem Moment an mache ich mich nützlich. Ich schnappe mir drei Apfelsinen aus einer Obstschale von Katrins Schreibtisch, marschiere damit in den Gemeinschaftsraum und fange an zu jonglieren. Bald bin ich umringt von Kindern in jeder Größe. Auch die Erwachsenen schauen mir zu. Aus dem Augenwinkel sehe ich Lächeln über die angespannten Gesichter huschen. Aus der Kleiderkammer hole ich ein paar Tücher. Mit denen können die Kinder selbst jonglieren. So geht der Vormittag rum.

Erst beim Mittagessen kann ich den Umschlag mit dem Geld endlich an Katrin übergeben. »Kannst du noch etwas bleiben und dich weiter um die Kinder kümmern?«, bittet sie mich. »Heute sind nicht so viele Helfer gekommen, wie wir erwartet hatten!«

»Klar!«, willige ich ein. Ich werde zwar 777 Strafliegestütze bei Herrn Adler machen müssen. Aber das nehme ich auf mich. Das hier ist gerade wichtiger, denke ich und erkenne mich selbst nicht wieder. Lizzy, Monsieur Vite, die Artistenschule – die letzten beiden Stunden habe ich keine Sekunde an sie gedacht.

Nach dem Mittagessen zeige ich den Kindern den Grundschritt aus dem Capoeira. Und bringe ihnen ein Lied bei. Alle steigen voll ein. Singen mit. Sogar einige der Erwachsenen. Die Kinder kommen aus Syrien, aus Afghanistan, aus Afrika. Keines spricht oder versteht Portugiesisch, die Sprache des Capoeira. Aber das ist gar nicht nötig. Wir nehmen uns an den Händen und singen. Die Menschen hier verstehen aus dem Bauch heraus, was Capoeira ist. Capoeira ist Widerstand. Capoeira heißt, jeden Tag aufstehen, egal, was das Leben mit dir gerade macht. Capoeira heißt kämpfen.

Sei que a vida é muito dura
Sei que a vida é muito dura. Isso não posso negar.
Mas tenho a Capoeira
Pra poder me ajudar, camará.

Água de beber,
Iê Água de beber, camará.

Ich weiß, dass das Leben hart ist
Ich weiß, dass das Leben sehr hart ist. Das kann ich nicht
  verneinen.
Aber ich habe die Capoeira, mein Freund, um mir zu helfen.
Das ist Wasser zum Trinken,
Wasser zum Trinken, mein Freund.

Inzwischen muss es schon 16 Uhr sein, denn Katrin kommt mit den Fernsehleuten in den Gemeinschaftsraum. Der Kameramann macht Aufnahmen und Katrin fragt, ob ich dem Redakteur ein kurzes Interview geben kann. Ich willige ein.

»Was bedeutet Capoeira?«, fragt mich der Interviewer, als er herausgefunden hat, wie das Ding heißt, was ich da mit den Kindern mache.

»Capoeira ist die Kampfkunst der brasilianischen Sklaven, die sich aus der Knechtschaft befreiten«, erkläre ich den Fernsehleuten.

»Warum bringst du den Flüchtlingen Capoeira bei?«, werde ich gefragt.

»Weil ich Capoeira liebe. Ich mache es, seit ich ein Kind bin. Seit zehn Jahren. Es gibt einem Kraft. Und das brauchen die Kinder, die hier in Deutschland nach ihrer Flucht ankommen, sicher am allermeisten.«

»Kraft?«, fragt der Redakteur nach. »Wofür?«

»Kraft für den aufrechten Gang!«, antworte ich. Einige der Ehrenamtlichen, die um uns herumstehen, nicken dazu.

Plötzlich entdecke ich Lizzy im Kreis der Helfer. Wie lange steht sie schon da? Ich werde verlegen, als ich ihren Blick sehe. Sie starrt mich mit ungläubigen Augen an. Hält sie mich immer noch für einen Flüchtling? Einen, der in fünf Tagen perfektes Deutsch gelernt hat?

»Woher kommst du? Bist du selbst auch ein Flüchtling?«, will der Interviewer jetzt von mir wissen.

Ich zögere eine Sekunde. Dann sehe ich Lizzy voll an und sage: »Nein ich bin kein Flüchtling. Ich komme aus dem Sauerland und Lizzy, warte!«, rufe ich vor laufender Kamera. Denn Lizzy ist aus dem Raum gerannt. Und an dieser Stelle reißt das Live-Interview urplötzlich ab, denn ich renne ihr hinterher.

Sie ist mit ihrem Blumenfahrrad davongeradelt. Aber ich hole sie schnell ein.

»Lizzy, warte doch!«, keuche ich atemlos, als ich an ihrer Seite bin. Sie radelt stur weiter, würdigt mich keines Blickes. »Gib mir nur zehn Minuten! Lass es mich erklären!«

»Hau ab, Biko. Hau einfach ab. Ich will dich nie wieder sehen! Außerdem bin ich hier verabredet.« Sie hält mit quietschenden Bremsen vor einem Straßencafé und stellt ihr Rad mit Schwung an eine Laterne. Mann, ist die geladen!

Die Leute gucken von ihren Latte Macchiatos hoch. Ein bisschen peinlich ist das Ganze schon. So ein gelackter Anzugtyp ist von seinem Stuhl aufgestanden und schaut besorgt zu uns rüber.

»Ich kann nichts dafür, dass ich kein Flüchtling bin!«, sage ich, während sie ihr Schloss anbringt. Keine Reaktion. Sie lässt mich einfach stehen und wendet sich zum Gehen. »Ganz Deutschland freut sich über jeden Flüchtling weniger. Warum nicht du?«, rufe ich ihr hinterher.

Da ist das Maß bei ihr endgültig voll. Sie dreht sich um und zischt wütend: »Wir haben sogar für dich Geld gesammelt. Du verhöhnst die Leute, die wirklich Hilfe brauchen!«

»Das Geld hab ich doch schon längst Katrin gegeben!«, murmele ich kleinlaut.

Der Anzugtyp kämpft sich jetzt durch die Tische hindurch und kommt drohend auf uns zu.

»Soll ich ihm eine reinhauen, Prinzessin?«, bietet er Lizzy an.

Sie schüttelt genervt den Kopf. »Das ist mein Vater«, klärt sie mich auf.

»Guten Tag«, sage ich freundlich. Er sagt nichts. Guckt mich nur missbilligend an.

»Papa, das ist Biko.«

»Ist er Moslem?«, fragt ihr Vater besorgt. »Wo kommt er her?«

»Aus Breckerfeld!«, teile ich ihm mit.

»Wo soll das denn sein?«

»Na, bestimmt nicht in Swasiland!«, antwortet Lizzy. Und boxt mich in die Seite.

Ich bin richtig froh über den Hieb. Ich hab ihn verdient. Irgendwie. »Breckerfeld liegt im Sauerland. Die südlichste Stadt des Ennepe-Ruhr-Kreises.«

»Ich kenne ihn durch die Flüchtlingsarbeit im Kulturhaus. Und wir müssen uns da vorne jetzt gerade mal zehn Minuten lang ungestört unterhalten.« Sie deutet vage in den Park auf der anderen Straßenseite. Der Vater rührt sich nicht vom Fleck.

»Papa, bitte. Es ist wichtig! Bestell mir schon mal eine Limo. Ich bin gleich wieder da.« Widerstrebend geht er an seinen Tisch.

»Lass uns zum Friedhof rübergehen«, sagt Lizzy nun schon in viel milderem Ton.

»Wieso Friedhof?«, frage ich verständnislos. Und stelle dann fest, dass wir genau am Eingang des Zentralfriedhofs Friedrichsfelde stehen.

»Da drinnen finden wir bestimmt einen Platz, wo wir in Ruhe sprechen können.«

Lizzy zieht mich zu einem podestartigen gemauerten Quader vor einer Treppe, wenige Schritte vom Eingang entfernt. »Gedenkstätte der Sozialisten« steht drauf. Klar, Rosa Luxemburg und Karl Liebknecht wurden hier bestattet! Gottfried hatte es ja heute Morgen erst erwähnt. Wir machen es uns auf dem Podest bequem. Lizzy schaut mich auffordernd an. »Gut, Biko, ich hör mir deine verdrehte Geschichte an. Aber nur, wenn du dich in den nächsten Tagen weiter um die Kinder im Kulturhaus kümmerst. Das ist der Deal.«

»Okay, mach ich«, sage ich, noch bevor sie den Satz ganz beendet hat.

»So viel gelacht wie heute haben die Kinder noch nie«, fügt sie an.

»Das Ganze tut mir echt furchtbar leid, Lizzy. Ich war so ein Idiot! Aber ich wollte dich halt kennenlernen«, beginne ich meine Verteidigungsrede.

»Aber darum musst du dich doch nicht gleich als Flüchtling ausgeben. Aus Swasiland! Geht's noch?«

»Besondere Umstände erfordern eben besondere Maßnahmen«, sage ich. »Und du bist nun mal was Besonderes.«

Lizzy versucht, nicht zu lächeln. Aber es gelingt ihr nicht.

»Außerdem hat mir die Begegnung mit den Flüchtlingen echt die Augen geöffnet!«, sage ich. »Mir war gar nicht klar, dass so viele Menschen im Mittelmeer ertrinken. Bis jetzt war das Einzige, was ich im Kopf hatte, die Artistenschule. Und dass ich da unbedingt hin will. Aber in den letzten Tagen habe ich wirklich was gelernt.«

Dann erzähle ich ihr, warum ich von Breckerfeld nach Berlin gekommen bin. Von der Artistenschule, von Gottfried und Monsieur Vite. Und von dem Koffer. Von der Zeit, als Deutschland zur Demokratie wurde. Und in der die friedliche Revolution in Gewalt umschlug. Ich erzähle ihr vom Mord an Rosa Luxemburg und Karl Liebknecht, die damals so viel Hass auf sich zogen. Und von Pico, dem Kellner, der zum Spion wurde, weil er seine Augen vor dem Unrecht nicht mehr verschließen konnte.

Lizzy hört aufmerksam zu. »Und was ist mit Pippa und Pico passiert? Haben sie sich am Ende wiedergesehen?«

»Heute Abend um acht wird Monsieur Vite weitererzählen. Wenn du magst, kannst du ja mitkommen. Er hat bestimmt nichts dagegen«, lade ich sie ein. »Ich würde dich um kurz vor acht am Haupteingang der Artistenschule abholen. Weißt du, wo sie ist? Prenzlauer Berg, Erich-Weinert-Straße 103.«

Lizzy steht auf und sieht mich einen Moment lang nachdenklich an. »Mal sehen«, sagt sie dann und marschiert davon, ohne sich noch einmal umzudrehen.

DIE KATZE

Monsieur Vite holt einen Thronsessel aus dem Fundus für Lizzy, als ich ihm berichte, dass wir vielleicht Besuch kriegen. Gottfried zieht Müsliriegel und Nüsse aus dem Automaten neben der Kantine, glaubt aber bis zuletzt nicht, dass sie kommt. »Du hast die Sache echt überspannt!«, ist seine Einschätzung. Ich fürchte, damit liegt er nicht falsch, stehe aber trotzdem um acht supernervös am Haupteingang. Gerade als ich das Warten aufgeben will und mich bereits zum Eingang gewendet habe, um zurückzugehen, klingelt jemand hinter mir.

»Lizzy!«, rufe ich erleichtert aus.

»Hallo, Biko. Heute schon einen Asylantrag gestellt?«, sagt sie zur Begrüßung, während sie ihr Fahrrad mit einer Kette anschließt. Monsieur Vite nimmt Lizzy mit einem Handkuss in Empfang. »Enchanté«, sagt er dabei galant und geleitet sie zu ihrem Thron.

»Ich habe Lizzy schon einiges erzählt«, sage ich zu Monsieur Vite, damit er weiß, dass er jetzt nicht wieder ganz von vorne anfangen muss mit der Geschichte.

»Spannender als der *Tatort* im Fernsehen!«, sagt Lizzy.

»Tatort Eden!«, wirft Gottfried in die Runde.

»Mit dem Unterschied, dass beim *Tatort* die meisten Morde aufgeklärt werden. Damals hatte aber niemand ein Interesse daran, dass die Wahrheit über das Ende von Rosa Luxemburg und Karl Liebknecht ans Licht kommt«, erklärt uns Monsieur Vite.

»Nicht einmal, nachdem alles in der *Roten Fahne* veröffentlicht wurde?«, frage ich erstaunt.

»Nicht einmal dann«, sagt Monsieur Vite. »Die Mörder sind damals mehr oder weniger ungeschoren davongekommen.« Er tippt auf ein Buch. »Die Untersuchung ist eine Komödie gewesen. Das Gerichtsverfahren eine einzige Farce. Obwohl die Mörder und ihre Auftraggeber bekannt waren, wurde niemand belangt. Zum Schein gab es am Ende des Prozesses ein paar Verurteilungen. Den Betroffenen wurde aber bereits wenige Tage später die Flucht aus dem Gefängnis ermöglicht. Die Morde sind bis zum heutigen Tag ungesühnt.«

»Steht das alles in dem Buch da?«, fragt Lizzy.

Monsieur Vite nickt und reicht ihr das Buch herüber. »*Vier Jahre politische Morde,* heißt es. Es wurde 1922 von einem Mathematikprofessor namens Emil Julius Gumbel geschrieben. Außer der Ermordung von Rosa Luxemburg und Karl Liebknecht sind hier noch 300 weitere Morde aufgeführt, die rechte Terroristen in den vier Jahren nach dem Ersten Weltkrieg begangen haben. Die Arbeiterbewegung verlor in dieser Zeit viele ihrer fähigsten Anführer.«

»Linke Terroristen haben nicht gemordet?«, fragt Lizzy skeptisch nach.

»Doch, schon. Es war ja Bürgerkrieg«, räumt Monsieur Vite ein. »Aber weit weniger. Es sind etwa 24 Attentate von radikalen Linken bekannt.«

Lizzy hat sich in den Bericht über den Prozess gegen die Mörder von Rosa Luxemburg und Karl Liebknecht vertieft. »Krass!«, sagt sie, als sie wieder hochsieht. »Einer der Mörder sagte vor Gericht: ›Jeder Deutsche atmete auf, als die beiden Lumpen ins

Jenseits befördert wurden. Der Dank des Vaterlandes gebührt uns dafür.«

»Ja, die Mörder haben allen Ernstes gedacht, sie kriegen eines Tages einen Orden für ihre Verbrechen. Waldemar Pabst fand, dass in Deutschland Plätze nach ihm benannt werden sollten. So drückte er sich später mal in einem Interview aus.«

»Wurde Pico am Ende auch von Pabst und seinen Leuten ermordet?«, fragt Gottfried, der jetzt wissen will, wie die Geschichte weitergeht.

»Immer schön der Reihe nach«, entgegnet Monsieur Vite. Und dann tauchen wir wieder ein ins Eden, das für Pico längst kein Paradies mehr war.

»Als Pico vor acht Wochen anfing, Pabst und seine Männer zu bespitzeln, galt es, den Mord an Rosa Luxemburg und Karl Liebknecht aufzuklären. Nach den Märzunruhen geht es nur noch darum, Leben zu retten. Denn die Konterrevolutionäre machen inzwischen Jagd auf jeden, der für die Revolution eintritt.«

Seit Smutje Richtung Norden abgedampft ist, herrscht Grabesstille in Berlin. Einen neuen Streik wird es in absehbarer Zeit nicht mehr geben. Die Revolution ist tot. Die Konterrevolution hat gesiegt. Als sei die Jagdsaison auf alle Revolutionäre eröffnet, werden im Stabsquartier der Konterrevolution immer neue Verhaftungen geplant. Denunzianten kommen ins Eden, zeigen ihre Nachbarn an. Inzwischen werden auch Leute angeschwärzt, die nie zu den Kommunisten gehört haben. Die nie an irgendwelchen Kämpfen teilgenommen haben. Völlig unbescholtene Bürger, die ihren Mitmenschen aus was für Gründen auch immer ein Dorn im Auge sind, werden als Revolutionäre gebrandmarkt. Und schon rückt ein Trupp aus, um sie zu verhaften und ins Gefängnis zu bringen. Nur dass die wenigsten dort ankommen.

Einmal hört Pico, wie ein Offizier zu seinem Kameraden nach einer Erschießung sagt: »2000 Mark trug dieser Rechtsanwalt aus der Goethestraße bei sich. Damit hatten wir gar nicht gerechnet, als wir ihm eins übergebrannt haben. Was für ein Dusel. Der Mann war von einem seiner Kollegen der Mitgliedschaft bei den Kommunisten bezichtigt worden. Aber da war wohl nichts dran! Jedenfalls können wir es heute mal so richtig krachen lassen von dem Geld.«

Wenn er die Herren Offiziere im ersten Stock gerade nicht bedient, nimmt Pico einen Lauschposten am Speiseaufzug im zweiten Stock des Hotels ein, von dem aus er die Gespräche im Kleinen Salon mithören kann. Jeder noch so kleine Rülpser dringt klar und vernehmlich zu ihm herauf. Kein einziges Gespräch darf er verpassen, kein Name darf ihm verlorengehen. Sonst sterben Menschen, die Donna noch warnen könnte. Die Verantwortung lastet schwer auf ihm. Er versucht sich die Anspannung, die nach den Märzunruhen von ihm Besitz ergriffen hat, nicht anmerken zu lassen. Aber von Tag zu Tag wird sein Gesicht ein bisschen schmaler. Manchmal fühlt er sich wie eine Kerze, die von beiden Seiten brennt.

»Du musst rausfinden, wo der Maurer Anton Gräbler wohnt«, sagt er erschöpft, als er Donna nach der Schicht an der Laterne trifft. »Er hat sechs Kinder. Mehr weiß ich nicht. Nur, dass sie ihn noch heute Nacht erschießen wollen. Sein früherer Arbeitgeber hat ihn angezeigt. Er soll ein Gewehr besitzen.«

»Noch was?«, fragt Donna knapp.

»Ein Journalist. Brunnenweg 7 in Pankow. Er heißt Peter Lohmar. Er hat für die *Rote Fahne* geschrieben.«

Donna nickt. »Das ist alles?«, fragt sie.

»Für heute ja«, murmelt Pico.

»Dass sie immer noch nicht auf dich gekommen sind, ist ein Segen«, sagt Donna knapp, während sie die Namen notiert. Dann macht sie sich eilig auf den Weg. Während Pico ihr hinterhersieht, fragt er sich, wie lange das alles noch gut gehen kann.

Drei Tage später betritt er den Kleinen Salon mit frischem Brot für die Vorsuppe und bemerkt sogleich die finstere Stimmung bei den anwesenden Offizieren.

»Dieses verdammte Mistvieh!«, flucht ein Mann mit einer tiefen Stimme, den das Personal des Eden insgeheim »das Fass« getauft hat. Schätzle heißt der Dicke. Franz Schätzle. Er ist ein Offizier aus dem Schwabenland. Leutselig und geschwätzig. Und verrückt nach den Nachspeisen des Hotels. Pico serviert ihm am Nachmittag regelmäßig die erlesensten Törtchen auf sein Zimmer. »Junger Mann, Sie sind doch waschechter Berliner«, hatte ihn Schätzle vor wenigen Tagen neugierig gefragt. »Wo kann man sich hier denn mal so richtig amüsieren gehen?«

Donna war begeistert, als Pico ihr am Abend davon erzählte. »Das ist die Gelegenheit, um zu erfahren, was sie planen. Du rettest womöglich unschuldigen Menschen den Arsch, wenn du ihn betrunken machst und ihn zum Reden bringst. Geh mit ihm ins Kolibri. Da kann man sich zwischen den einzelnen Darbietungen gut unterhalten.« Der Dicke freute sich wie ein Kind über die Aussicht auf leicht bekleidete Damen.

Aber gerade jetzt ist ihm seine Leutseligkeit gründlich vergangen. Gar nicht mehr einkriegen kann er sich vor Empörung über den Waffendiebstahl in der vergangenen Nacht. »Wenn wir den Kerl endlich erwischen, dann ersäufen wir ihn in der Spree«, poltert er zornesrot.

»Aber erst, nachdem er seine Hintermänner genannt hat«, antwortet ein hagerer Mann mit einer hohen, sanften Stimme. Guter alter Adel aus der Oberpfalz. Von Müffling ist sein Name. Mit ihm hat Pico noch nie ein persönliches Wort gewechselt, denn von Müffling hält sich stets bedeckt. Er scheint intelligenter als die meisten Offiziere, die er bedient.

Über wen die beiden Offiziere sprechen, ist leicht zu erraten: die Katze! Fast täglich ist die Katze Gesprächsthema bei Tisch. Mit wachsender Wut. Denn die Katze setzt den Männern von den Garde-Kavallerie-Schützen übel zu. Sie ist ein Meisterdieb, der den Truppen Waffen stiehlt. Ein hohes Kopfgeld ist auf ihre Ergreifung ausgesetzt.

»Der Kerl hat gestern in aller Herrgottsfrühe aus einer Kaserne in Zehlendorf drei Kisten mit Handfeuerwaffen gestohlen. Und Munition! Mindestens 5000 Schuss. Erst heute Morgen haben sie den Einbruch entdeckt! Die Wachleute waren von einer Hure abgelenkt worden«, schimpft Leutnant Schätzle.

Pico erstarrt. Ob Donna dahintersteckt? Und plötzlich kommt ihm wieder Pippa in den Sinn. Die er nicht wiedersehen wird, obwohl er sich nichts sehnlicher wünscht. Nach der er nicht einmal suchen darf, will er sie nicht in Gefahr bringen. Aber wie es scheint, handelt es sich bei der Katze um einen Mann, nicht um ein Mädchen.

»Der Kerl klettert die Wände hoch und macht sich in einem

Tempo über die Dächer davon, dass einem vom Zusehen schwindelig wird. Wie ein Matrose in den Wanten.«

»Es kann nur eine verdammte Blaujacke sein!« – darin sind sich die Offiziere einig. Es sind jedoch nicht nur seine Kletterkünste, weshalb man den Mann »die Katze« nennt. Wie eine Katze scheint er neun Leben zu haben. Die Schießerei auf dem Dach der Kaserne in Steglitz hätte der Kerl genauso wenig überleben dürfen wie die Verfolgungsjagd am Nollendorfplatz, als er einer Bürgerwehr mitsamt gestohlenem Maschinengewehr entwischt war.

»Man kriegt den Kerl einfach nicht zu fassen!«, ereifert sich der Dicke.

»Es gibt aber heute ausnahmsweise auch gute Neuigkeiten«, sagt von Müffling. »Wir wussten ja durch unsere Quelle, dass die Katze die gestohlenen Waffen zu einer Hure schafft. Bei ihr werden sie in kleine Kisten oder Taschen umgeladen und schließlich im gesamten Stadtgebiet verteilt.«

Donna! Sie sprechen von Donna! In der Nacht, als Rosa ermordet wurde, hatte sie zahllose Munitionsschachteln verbrannt. Auf einmal setzen sich die Puzzleteile in Picos Kopf zusammen und ergeben ein ganzes Bild. Donna und Pippa sind nicht nur miteinander bekannt, wie Smutje gesagt hatte. Sie arbeiten sogar Hand in Hand zusammen, um für die Arbeiter Waffen zu besorgen. Donnas Wohnung ist das Zwischenlager für die gestohlenen Pistolen. Donna hatte ihm auch angeboten, Pippas Handtasche mitsamt Waffen und Munition verschwinden zu lassen. Und er hatte angenommen – dankbar, die Dinger vom Hals zu haben.

»Bisher war allerdings unklar, um welche Hure es sich handelt«, fährt Leutnant von Müffling fort. »Und wo sie wohnt.

Aber seit heute Morgen sind wir einen großen Schritt weiter. Wachleute haben die Dame auf einer Fotografie erkannt. Wir wissen jetzt, wie sie heißt. Und wir kennen ihre Adresse. Es ist nicht weit von hier. Die Wohnung wird bereits beobachtet. Sobald die Katze das nächste Mal bei ihr an der Tür kratzt, schlagen wir zu!«

Plötzlich hebt von Müffling seinen Kopf. Als sei ihm erst jetzt bewusst geworden, dass der Kellner im Raum ist.

»Danke, wir brauchen Sie jetzt nicht mehr. Machen Sie Pause!«, sagt er höchst liebenswürdig zu Pico. Die Art von unpersönlicher, leicht überheblicher Freundlichkeit, die sehr reiche Menschen ihrem Personal entgegenbringen.

»Sehr wohl!«, antwortet Pico und verlässt mit einer kleinen Verbeugung den Raum. Sobald er die Tür geschlossen hat, rennt er, als gelte es, olympisches Gold zu gewinnen, die Personaltreppe hoch in den zweiten Stock und nimmt seinen Lauschposten am Speiseaufzug ein. Und – der Lauscher an der Wand hört seine eigne Schand! – er ist im richtigen Moment zur Stelle, um zu erfahren, dass der Verdacht nun auf ihn gefallen ist.

Die Herren im Kleinen Salon sprechen über Leo Jogiches' Zeitungsartikel. Und auch sie haben ihn genau gelesen.

»In dem Zeitungsartikel über die Nacht, als wir Luxemburg und Liebknecht entsorgt haben – da standen Dinge, die konnte dieser Jogiches gar nicht wissen. Da hätte er schon hier mit uns am Tisch sitzen müssen. Einer von uns ist ein Maulwurf. Ich könnte es sein. Oder du.«

Es entsteht eine längere Pause. Dann sagt von Müffling nachdenklich:

»Oder der kleine Kellner …«

»Der kleine Kellner?«, wiederholt das Fass dröhnend.

»Ja, warum nicht?«, fragt von Müffling. »Ich habe das Gefühl, dass er immer ganz genau zuhört, was hier gesprochen wird!«

Picos Herz schlägt ihm bis zum Hals.

»Ich werde dem schmalen Hemd heute Abend mal gründlich auf den Zahn fühlen«, verkündet Leutnant Schätzle.

»Wieso heute Abend?«, fragt von Müffling. »Was hast du vor?«

»Dieser Pico kennt sich gut aus im Berliner Nachtleben. Er will mir mal zeigen, wo hier die Puppen tanzen.«

»Du kannst ihn dir doch gleich hier im Hotel zur Brust nehmen! Du weißt, was ich von deinen Sauftouren halte. Wenn das der Pabst erfährt …«

»Nun lass uns mal nicht päpstlicher sein als der Pabst!«, sagt der Dicke und lacht dröhnend über seinen eigenen Witz. »Gönn mir den kleinen Spaß. Ein bisschen Vergnügen haben wir uns nach dem ganzen Ärger mit dem aufständischen Pöbel ja wohl verdient! Matrosen totmachen ist harte Arbeit.«

»Denk daran, Meldung zu machen, wo du zu finden bist. Wenn die Katze aufkreuzt, dann will ich, dass du vor Ort bist«, ermahnt ihn von Müffling. »Lass dich also nicht wieder bis zur Halskrause volllaufen!«

Pico verlässt so schnell er nur kann den Horchposten und jagt die Treppe hinunter ins Foyer. Der Portier ist gerade nicht am Platz. Er greift nach einem Bogen des edlen Briefpapiers und beginnt mit fliegenden Händen zu schreiben:

Mein Täubchen. Ich würde dich so gern heute in die Berge begleiten. Aber leider werde ich erst morgen nachkommen können. Liebste, lass dich davon nicht verdrießen und brich ohne mich auf. Die saubere Luft tut dir doch immer so gut. Jungchen

Donna wird verstehen, dass sie sich irgendwo verstecken soll, wo die Luft rein ist, hofft er inständig.

Er faltet den Bogen zusammen, gibt ihn in einen Briefumschlag. Da kommt auch schon der Portier zurück.

»Gustav, kannst du diesen Brief einer Dame zukommen lassen? Mit einem üppigen Blumenstrauß?«, sagt er in verschwörerischem Ton.

»An welche Zimmernummer geht die Rechnung?«, fragt der Portier und schlägt das große Buch mit den Bestellungen auf.

»Das Geld für das Grünzeug kriegst du bar auf die Hand«, sagt Pico und schiebt dem Portier zwanzig Mark über den Tresen zu. »Der Rest ist für dich!«, sagt er so lässig, als sei es nicht sein eigenes Geld. Dabei steckt der gute Gustav sich gerade so ganz nebenbei seinen gesamten Wochenlohn in die Tasche. »Das Fräulein war Privatbesuch von einem der Herren Offiziere. Er hat mich um höchste Diskretion gebeten. Der Herr ist nämlich gerade eben erst mit großem Getöse in den Hafen der Ehe eingesegelt«, sagt Pico und grinst anzüglich.

Pabst hat vor wenigen Tagen groß Hochzeit gefeiert. Ganz Berlin hatte ihm dazu gratuliert. Sogar der frischgebackene Reichswehrminister Noske hatte ein Glückwunsch-Telegramm geschickt.

Mit der Miene eines Mannes, dem nichts Menschliches fremd ist, nimmt der Portier den Brief entgegen.

»Ich schicke gleich den Lehrling zum Blumenstand rüber«, verspricht er.

»Aber pssst!«, sagt Pico eindringlich.

»Ich schweige wie ein Grab!«, verspricht Gustav. »Ist das nicht die Devise des Eden? Diskretion, Diskretion!«

DER LETZTE TANZ

Am Ende der Schicht wartet Pico nervös vor dem Haupteingang auf Leutnant Schätzle. Die ganze Zeit kreisen seine Gedanken um die Frage, ob Donna ihren Schergen wohl rechtzeitig entkommen ist. Aber er zwingt sich zur Ruhe. In den letzten Wochen hat er gelernt, seine Nerven im Griff zu haben. Donna hat ihn auf den Abend vorbereitet. Er kann Leutnant Schätzle, wenn es sein muss, bis zum Abwinken Herrenwitze erzählen. Oder – ganz nach Belieben – unterhaltsam über die verschiedenen Etablissements der Stadt plaudern. Donna hat Pico sogar bis ins kleinste Detail gesagt, was er anziehen soll. Daher trägt er sein Verwundetenabzeichen am Revers. Nur wenn der Dicke in ihm den Kriegskameraden erkennt, wird es möglich sein, von ihm auch weiterhin etwas über die Pläne der Truppe zu erfahren.

Jetzt wollte Schätzle den Spieß also umdrehen und Pico auf den Zahn fühlen. Na, das kann was werden!, denkt Pico, als er in den schwarzen Wagen der Fahrbereitschaft einsteigt, in dem der Dicke bereits sitzt und ihn erwartungsvoll begrüßt.

»Junge Kälber!«, sagt Leutnant Schätzle begeistert und applaudiert, was seine fleischigen Hände hergeben. »Jung, schön und tapsig!« Seine Augen leuchten.

Dabei können die jungen Tänzerinnen auf der Bühne der Kolibri-Bar gar nicht wirklich tanzen. Sie schmeißen nur ihre Beine zur Musik in die Höhe. Und die vielen Spiegel im Saal, die das Bild unendlich oft reflektieren, machen aus neun tanzenden Beinpaaren 999. Für den Dicken ist der Abend schon jetzt ein Erfolg. »Voller Kunstgenuss!«, sagt er zu Pico und klopft ihm anerkennend auf die Schulter.

In der Umbaupause sieht Leutnant Schätzle Pico lauernd an. »Haben Sie mal läuten hören, ob der Kioskbesitzer an der Ecke Nürnberger zu den Kommunisten gehört? Sie kriegen als Kellner im Eden doch so einiges mit!«

Pico zögert mit seiner Antwort. Jeder weiß, dass der alte Mutzke im Januar während der Unruhen eine rote Fahne gehisst hat. Wenn er das leugnet, dann wird der Dicke ihn links einsortieren. Dann wird er an diesem Abend nichts Lohnendes mehr von ihm erfahren. Wenn er jedoch herausposaunt, dass Mutzke als einer der Ersten in die Kommunistische Partei eingetreten ist, brennen sie dem alten Mann den Kiosk unter dem Hintern ab.

Zum Glück geht es jetzt weiter im Programm. Ein Mädchen knallt wie eine Bombe auf die Bühne und erspart ihm die Antwort. Mit schlenkernden Gliedmaßen verwandelt sie das Lokal in ein Pulverfass, bei dem jemand die Lunte gezündet hat. Grellorange gekleidet ist sie. Die Farbe brennt regelrecht in den Augen. Die Leute pfeifen, kreischen, jubeln, stampfen mit den Füßen – das Mädchen vorn hat sie alle im Griff. Sie tanzt. Und wie sie tanzt! Sogar ihr Gesicht tanzt. Es ist kalkweiß geschminkt. Nur die Lippen stechen rubinrot daraus hervor. Sie tobt über die Bühne, tanzt süß wie eine Elfe wieder zurück und wird dann zu einem Papagei mit zerrupftem Gefieder, so laut kreischend, dass das Publikum von den Sitzen hochfährt. Dazu spielen ein Leierkasten und ein schrilles Saxofon. Nur eine Minute war das Mädchen auf der Bühne. Und weg ist sie wieder.

»Na, danke auch!«, sagt Schätzle missbilligend. »Jetzt kann's ja nur besser werden!«

»Jetzt kommen die Nackttänzerinnen!«, geht ein Geraune durch den Saal und der Dicke setzt sich erwartungsvoll zurecht. Ein emsiges Kulissengeschiebe beginnt auf dem Podium. Für die Nummer, die jetzt aufgebaut wird, ist das Publikum gekommen. Deswegen ist das Kolibri Nacht für Nacht ausgebucht bis auf den letzten Platz: Halbnackte Mädels stellen sich zu berühmten Gemälden wie Botticellis *Frühling* auf. Aber bis die Kulissen stehen, dauert es noch ein Weilchen.

Der Dicke blickt sich derweil neugierig um. Eine Frau am Nebentisch im Pelzmantel und mit hochhackigen goldenen Schuhen erregt sein Interesse. »Ohne Strümpfe!«, flüstert er bedeutsam. »Ohne Strümpfe!« Dann erst bemerkt er, dass die Frau ein weißes Pulver mit dem Strohhalm ihres Cocktails in ihre Nase hochzieht. »Was ist das?«, fragt er erstaunt.

Bevor Pico antworten kann, steht die Frau im Pelz plötzlich auf, reckt ihren Arm in die Höhe und ruft mit schriller Stimme quer durch den Raum: »Herr Kellner, Champagner! Veuve Clicquot! Gleich die ganze Flasche.« Alles dreht sich zu ihr um. Als sie den Arm wieder sinken lässt, fällt der Pelz herunter und alle sehen, dass sie darunter splitternackt ist. »Huch«, sagt sie und blinzelt kokett. Ihr Begleiter steht gelassen auf, hebt den Pelz vom Boden auf und legt ihn ihr sanft um die Schultern.

»Was ist das für ein Zeug, das die flotte junge Dame da schnupft?«, fragt der Dicke noch einmal nach.

»Kokain«, erhält er von Pico zur Antwort. »Damit bringt sich die feine Gesellschaft neuerdings in Stimmung. Das können Sie im Eden auch bekommen – unterm Tresen, versteht sich.«

Die Dame im Pelz hat mitgehört, wovon die Rede ist. Sie schiebt dem Dicken zuvorkommend das Briefchen mit dem Pulver zu. Ihren Strohhalm liefert sie gleich mit. »Ich würde die Finger davon lassen«, sagt Pico warnend.

Aber Leutnant Schätzle will alles mitnehmen, was geboten wird. Pico beginnt zu ahnen, dass dieser Abend aus dem Ruder laufen könnte. Im Kokainrausch neigen die Menschen zu einer fatalen Selbstüberschätzung. Picos leiser Protest wird von dem Dicken ignoriert. Besorgt sieht Pico zu, wie der Leutnant mit dem Strohhalm hantiert und sich mit einem Geräusch, als würde er Rotz hochziehen, das Giftzeug ins Hirn bläst.

Auf der Bühne haben sie inzwischen unter großem Aufwand den Orangenhain für das Botticelli-Bild fertig montiert. Als würde sich irgendjemand im Saal bei der kommenden Nummer für das Obst interessieren!

Endlich tritt Venus, die Göttin der Liebe, ins Bild, in durchsichtige Seidenschleier gehüllt. Der ganze Saal seufzt auf. So bezaubernd! So viel zarte Mädchenhaut. So anmutig.

»Schöööön«, ruft der Dicke. »Schöööön!« Aber er meint nicht die nackte Venus auf der Bühne, er deutet auf sein eigenes Bild, das von den zahllosen Spiegeln im Saal reflektiert wird – und das gleich tausendfach. Hingerissen steht er auf und starrt verzückt sein Spiegelbild an. Damit nimmt der gewichtige Kerl den Leuten hinter ihm die Sicht auf die nackten Mädchen. »Hinsetzen«, wird empört geschrien. »Sofort hinsetzen!« Ein Pfeifkonzert setzt ein. Die jungen Dinger auf dem Podium haben mit allem gerechnet. Nur nicht mit Buhrufen. Da die Scheinwerfer sie blenden, können sie nicht ahnen, dass der Verdruss des Publikums nicht ihnen gilt. »Weg da!«, brüllt das Publikum. Und

»buuuh!«. Die Mädels laufen, so schnell ihre nackten Beine sie tragen, von der Bühne. Die Venus heult. »Tanzen, tanzen, tanzen«, brüllt jetzt das Publikum, um das zu sehen, wofür es bezahlt hat. Der Leutnant fühlt sich aufgefordert. Pico versucht vergebens, ihn an der Uniformjacke festzuhalten. Der dicke Offizier stößt ihn zurück und erklimmt schnaufend die Bühne. Mit einem selbstgefälligen Lächeln übt er sich im Wiegeschritt.

Pico schwitzt Blut und Wasser. Am liebsten würde er sich heimlich verdrücken. Aber wenn herauskommt, dass einer von Pabsts Stabsoffizieren sich unter seiner Obhut öffentlich zum Hanswurst gemacht hat, wird man am Ende ihm die Schuld an allem geben. Er muss etwas unternehmen!

Mit einem Satz springt er auf die Bühne, schnappt sich ein paar Orangen aus der Kulisse, stellt sich vor den schwitzenden Offizier und fängt an zu jonglieren. Sieben Orangen auf einmal – das schaffen nur wenige. Das Publikum beginnt zu applaudieren. Der Dicke ist empört, dass ihm da jemand die Schau stehlen will. Er will Pico von der Bühne schubsen, aber der weicht geschickt aus. Das Publikum prustet vor Lachen. Es hält das Ganze für eine einstudierte Nummer. Eine Clownsnummer. Kennt man schon: Weißclown und dummer August. Das kann lustig werden! Der Strenge und der Tollpatsch. Köstlich! Wie wird sich der dumme August aus der Affäre ziehen? Das Publikum schaut gespannt zu.

Der Dicke schlägt wild um sich. Als wolle er eine Mücke vertreiben. Doch er bekommt Pico nicht zu fassen. »Verschwinde augenblicklich von der Bühne!«, befiehlt er mit donnernder Stimme. »Das ist ein Befehl!«

Das Publikum lacht schallend. Da brennen bei Leutnant

Schätzle alle Sicherungen durch. Er zieht seine Luger aus dem Halfter und richtet sie auf Pico.

»Ich knalle dich ab, wenn du hier nicht sofort den Abgang machst!« Pico ist der Einzige im Saal, der weiß, dass kein Fähnchen mit der Aufschrift »Pause« daraus hervorschnellen wird, wenn er abdrückt.

Pico tanzt in einem wahren Veitstanz um den Dicken herum und wirft die Orangen dabei fröhlich lächelnd ins Publikum, wo sie unter Gejohle aufgefangen werden. Mal ist er vor dem Leutnant, im nächsten Augenblick schon wieder hinter ihm. So schnell kann Schätzle seinen mächtigen Bauch nicht drehen und wenden. Er weiß nicht mehr, wohin er zielen soll. Als Pico hinter dem Orangenhain Deckung gefunden hat, verbeugt er sich tief. Schluss jetzt mit der Nummer!, soll das heißen. Die Clowns gehen, die nackten Mädels können kommen!

Jetzt hat der Dicke Pico entdeckt. Er ärgert sich über den Applaus, den er einheimst. »Ruhe!«, brüllt er empört ins Publikum. Und als die Leute nicht aufhören zu lachen und zu klatschen, wird er fuchsteufelswild und schießt auf einen Scheinwerfer, dessen Licht klirrend erlischt. Im Zuschauerraum wird es augenblicklich totenstill. Jetzt hat der Dicke endlich die Aufmerksamkeit, nach der er sich gesehnt hat. »Du verschwindest jetzt in der Versenkung, du Zwerg. Hast du mich verstanden! Sonst mache ich dich kalt.« Pico versucht zu lächeln, auch wenn er in Wahrheit Blut und Wasser schwitzt. Der Dicke fühlt sich von Picos Grinsen provoziert. »Das glaubst du nicht?«, raunzt er ihn an. » Wir haben schon ganz andere Kaliber aus dem Weg geräumt! Oder denkst du, die Luxemburg wäre von alleine in den Landwehrkanal gefallen?«

Im Publikum ist es jetzt so still, dass man eine Stecknadel fallen hören könnte. Dem Dicken dämmert, dass er auf offener Bühne ausgeplaudert hat, was er niemals hätte sagen dürfen. Sein Blick fällt auf Pico, der ihm das alles eingebrockt hat. »Du kleiner Mistkerl!«, giftet er ihn an und stürzt sich auf ihn. Er hält seine Pistole an Picos Kopf. Pico hört das leise Klacken, mit dem die Waffe entsichert wird. Ich werde sterben!, denkt er und ist darüber eher verblüfft als entsetzt. Nie hätte er sich vorstellen können, dass so sein Ende sein würde: auf einer Bühne. Im Scheinwerferlicht. Während Leute dabei zusehen, die Champagner saufen! Elegant gekleidet! Oder auch gar nicht ... Sein Blick fällt auf die nackten Mädchen, die sich voller Angst hinter die Bühne geflüchtet haben. Er schließt die Augen und wartet ergeben auf den Schuss.

Da hört er die kalte Stimme von Müfflings aus dem Zuschauerraum sagen: »Lass sofort die Waffe sinken, Franz. Wenn du ihn erschießt, bist du tot!« Der Druck des Eisens an Picos Schläfe lässt augenblicklich nach. »Los, holt sie runter von der Bühne. Alle beide!«, befiehlt von Müffling seinen uniformierten Begleitern. Der dicke Offizier lässt die Waffe sinken. Zwei Soldaten zerren Pico und ihn aus dem Saal. Als sie vor dem Lokal stehen, hat drinnen das Orchester schon wieder angefangen zu spielen. Die Show ist längst weitergegangen.

Vor dem Kolibri weht ein eisiger Wind. Schätzle ist schlagartig nüchtern geworden. »Hast du ...?«, fragt er von Müffling kleinlaut.

»Ja, ich war hier. Die ganze Zeit. Mein Gott, was hast du dir nur dabei gedacht, auf der Bühne den Clown zu spielen?«, fragt von Müffling mit kalter Wut.

»Habt ihr die Katze erwischt?«, lenkt der Dicke ab und versucht trotz der Handschellen, die man ihm angelegt hat, wieder zurück in seine Rolle als Offizier zu finden.

»Deswegen bin ich nicht hergekommen.«

»Stimmt!«, sagt der Dicke. »Sonst hättest du lediglich deinen Fahrer geschickt. Was verschafft mir also die Ehre?«

»Ich bin gekommen, um einen Spion unschädlich zu machen. Sein Deckname ist …«

Pico fängt an zu zittern. Donna! Sie haben Donna. Und Donna hat geredet.

»Ich bin ganz Ohr!«, sagt der Leutnant.

»Sag du ihn mir!«, fordert ihn von Müffling auf.

»Ich?« Schätzle ist erstaunt. »Woher soll ich denn den Namen des Spions kennen?«

»Du kennst ihn sehr gut, Jungchen.«

»Jungchen? Was soll das? Ich verbitte mir diesen Ton!«

»Aber wieso denn? Deine Hure durfte dich doch auch immer so nennen.«

»Meine Hure?«

Donna muss den Verdacht auf Leutnant Schätzle gelenkt haben!, erkennt Pico fast ungläubig. Erleichterung breitet sich in ihm aus. Und Entsetzen! Donna! Ach, Donna. Was haben sie nur mit ihr gemacht?

Den Dicken ereilt jetzt das Schicksal, das eigentlich für Pico bestimmt war. Noch kämpft er dagegen an. »Hier liegt ein Irrtum vor! Ich kenne keine Hure!«, schreit er wie von Sinnen. »Ich weiß nicht, wer Jungchen ist! So glaub mir doch!« Aber von Müffling hört den verzweifelten Protesten längst nicht mehr zu. Ein dunkler Wagen fährt vor, Schätzle wird hineingestoßen, die

Tür fällt krachend zu. Drinnen im Lokal wird ein Charleston gespielt, als der Wagen um die Ecke biegt. Pico und von Müffling bleiben allein vor der Bar zurück. Ob der Dicke wohl wirklich auf der Wache ankommt? Wer kann das in diesen Zeiten schon wissen.

»Darf ich jetzt gehen?«, fragt Pico vorsichtig.

»Sie kommen mit mir!«, bestimmt der Offizier energisch und zieht ihn mit festem Griff aus dem grellen Licht des Lokals heraus in die Dunkelheit.

PIPPA UND PICO

»Ich habe gesehen, dass Sie versucht haben, diesen Verräter zur Vernunft zu bringen. Das war hochanständig von Ihnen!«, sagt von Müffling und bietet Pico eine Zigarette an. »Wo wollen Sie heute Nacht noch hin? Zurück ins Eden?«

»Ja«, sagt Pico. Denn er möchte den Mann keineswegs zu seiner Wohnung führen.

»Wenn Sie mögen, nehme ich Sie ein Stück mit. Steigen Sie ein!« Er wendet sich einem dunklen Landauer zu, der am Straßenrand parkt. Der Fahrer öffnet die hintere Tür. Sie steigen ein, das Fahrzeug setzt sich in Bewegung. Von Müffling sieht aus dem Fenster, knetet seine Unterlippe mit den Fingern seiner linken Hand und hängt seinen Gedanken nach. Pico sitzt unbehaglich neben ihm.

An einem Posten halten sie an. Der Fahrer öffnet den vorderen Wagenschlag, und ein Mann steigt zu. Die Atmosphäre im Wagen scheint auf einmal eine andere zu sein.

Von Müffling nimmt kaum merklich Haltung an.

Ist das Pabst?, fragt sich Pico. Im Wagen ist es dunkel, aber die gepresste Stimme würde er unter Hunderten erkennen.

»Machen Sie Meldung!«, blafft der Mann von Müffling an.

Der Oberleutnant räuspert sich kurz und legt dann im Eiltempo los: »Melde gehorsamst, die Vorkommnisse Kurfürstendamm 221, Kellerwohnung links, vom gestrigen und heutigen Tag. Wir hatten die Wohnung der Prostituierten, die unter dem Namen

›Donna‹ ihrem Gewerbe nachgeht, seit gestern 8 Uhr 22 mit sechs Mann umstellt. Um 13 Uhr 47 erhält die Frau einen Blumenstrauß mit Grußkarte geliefert. Der wird von unseren Männern abgefangen und die Karte wird gelesen, dann aber aus taktischen Erwägungen durchgelassen. In der Karte wird die Hure von einer Person mit dem Decknamen ›Jungchen‹ dazu aufgefordert, sich in Sicherheit zu bringen. Da wir auf den Waffendieb, der unter dem Namen ›die Katze‹ aktenkundig ist, warten, lassen wir die Frau zunächst unbehelligt. Um 16 Uhr 22 verlässt die Prostituierte eilig ihre Wohnung. Drei unserer Männer nehmen die Verfolgung auf. Am Bahnhof wird sie verhaftet. Kurz zuvor hatte sie eine Fahrkarte nach Wilhelmshaven gekauft. Um 22 Uhr 14 gibt sie unter massivem Zwang den Klarnamen ihres Informanten ›Jungchen‹ preis. Er wird zweifelsfrei als Leutnant Franz Schätzle identifiziert. Die Dame wusste sogar, was seine Lieblingsspeisen sind. Und 22 Uhr 32 stirbt sie durch Einnahme einer Zyankalikapsel von eigener Hand. Um 23 Uhr 52 wird Leutnant Schätzle von mir persönlich in einem Amüsierbetrieb mit dem Namen Kolibri-Bar verhaftet. Inzwischen ist er auf dem Weg nach Moabit.«

Donna ist tot. Liebe, gute Donna. Sie wollte mich nicht verraten. Pico ist wie betäubt. Es kostet ihn fast übermenschliche Anstrengung, sich seine Betroffenheit nicht anmerken zu lassen.

»Und was ist jetzt mit der verdammten Katze?«

Pico sieht, dass sich auf von Mifflings Oberlippe Schweißperlen bilden, während er weiterspricht. »Um 21.04 Uhr kommt ein Mensch mit einer Kiste auf dem Rücken durch die Hofeinfahrt. Ein Junge, kaum älter als vierzehn. Fast noch ein Kind. Wir identifizieren ihn als die Person, die unter dem Namen ›die

Katze‹ aktenkundig ist. Die Diebesbeute hat er dabei. Er hat einen Schlüssel, betritt die Kellerwohnung. Die Wohnung hat keinen weiteren Ausgang. ›Die Katze‹ sitzt also in der Falle. Um 21 Uhr 09 stürmen meine Männer die Räumlichkeiten.«

»Und?«

»Tja – es ist uns unbegreiflich! Die Wohnung – eineinhalb Zimmer, keine Schränke, kein Fenster – ist leer. Die gestohlenen Waffen können sichergestellt werden. Die gesuchte Person ist jedoch spurlos verschwunden. Wie uns die Katze entkommen konnte, wird zur Stunde geklärt. Wir haben sofort eine Ring-alarmfahndung veranlasst. Bisher noch ohne Erfolg. Die Woh-nung der Prostituierten wurde komplett ausgeräumt, ihre Habe zur weiteren Untersuchung in die Kaserne in Charlottenburg gebracht. Ich werde neue Meldung machen, sobald wir mehr wissen.«

»Tun Sie das!«, sagt der Mann auf dem Vordersitz, während er die Tür öffnet. Dann ist er in der Nacht verschwunden. Pico beobachtet aus dem Augenwinkel, wie von Müffling sich die Schläfen reibt und tief aufseufzt.

»Sie haben gehört, was geschehen ist. Ich werde Sie jetzt bis zur Kaserne mitnehmen. Von dort kommen Sie zu Fuß ins Eden.«

Pico nickt. »Danke, dass Sie mich mitgenommen haben«, sagt er, als der Wagen auf dem Kasernenhof hält.

»Keine Ursache!«, antwortet von Müffling knapp, während er den Fahrer eines Lastwagens grüßt, der gerade auf den Hof rollt. »Übrigens: Das Gespräch eben haben Sie nicht gehört. Ist das klar?«

»Jawoll, Herr Oberleutnant«, antwortet Pico und grüßt mi-litärisch. Dann steigt er aus dem Wagen aus. Von Müffling eilt zu dem Lastwagen hinüber und brüllt über den Hof: »Alle Mann zur Berichterstattung ins Kasino. Sofort!«

Von der Ladefläche des Lastwagens springen mehrere Uniformierte ab. Die Soldaten verschwinden im Laufschritt im Gebäude. Ein lautes Getrappel vieler Stiefelpaare ist von der Treppe im Innern zu hören. Auch von Müffling ist im Gebäude verschwunden. Auf dem Hof ist es ganz still geworden. Und da sieht Pico ihn: Smutjes Koffer. Er steht ganz vorn an der Ladefläche des Lkw. Plötzlich erinnert er sich an Donnas Worte. »Wenn sie mich mal zu fassen kriegen«, hatte sie gesagt, »dann hau sofort ab aus Berlin. So weit wie möglich.« Sie hatte Recht. Früher oder später werden Pabsts Leute merken, dass sie den Falschen eingebuchtet haben. Er muss noch in dieser Nacht verschwinden. Hatte Smutje nicht gesagt, dass er im Koffer Geld für Donna versteckt hat? Ob es noch da ist? Er könnte es so dringend gebrauchen! Wovon soll er sich sonst eine Fahrkarte kaufen?

Vorsichtig blickt er sich auf dem Kasernenhof um. Er ist dunkel und menschenleer. Inzwischen ist es halb zwei in der Nacht. Sogar der Fahrer des Landauers ist im Inneren des Gebäudes verschwunden. Einzig zwei Posten am Eingang der Kaserne halten Wache. Sie stehen mit dem Rücken zum Hof.

Jetzt oder nie!, denkt Pico. Und mit einer entschlossenen Bewegung ergreift er den Koffer und zieht ihn von der Ladefläche herunter. Er ist überrascht, wie schwer das Ding ist. Was um alles in der Welt bewahrt Donna darin auf? Waffen? Munition? Haben die Soldaten den Koffer tatsächlich noch nicht durchsucht? Plötzlich hält er den Griff des Koffers in der Hand und das Ungetüm poltert mit ohrenbetäubendem Lärm auf den Kasernenhof. Erschrocken blickt sich Pico um. Da kommt auch schon einer der Posten auf ihn zu. Aber anstatt ihn zur Rede zu stellen, fragt er freundlich: »Kann ich dir behilflich sein, Kamerad?«

»Ich soll diesen Koffer beim Generalstab im Eden abliefern. Hatte leider nicht damit gerechnet, dass er so schwer ist«, sagt Pico und hält dem Posten den Griff hin. »Ich kann mich auf was gefasst machen, wenn ich mich verspäte. Mein Leutnant ist so ein richtiger kleiner Terrier.«

»So sind sie, die Leutnants!«, sagt der Posten verständnisvoll. »Meiner ist auch nicht besser.« Dann leiht er Pico eine Sackkarre aus, damit er das Ungetüm vom Hof kriegt. Dankbar nickt Pico den beiden Posten zu, als er die Kaserne mit seiner schweren Last verlässt.

Sobald er im Tiergarten angekommen ist, sieht er sich nach allen Seiten um. Niemand ist ihm gefolgt, weit und breit keine Menschenseele. Er schiebt die Karre hinter einige Büsche und lässt die Verschlüsse des Koffers aufschnappen. »Her mit dem Geld, und dann nichts wie weg!«, murmelt er, greift mit beiden Händen nach Donnas Kleidern, die obenauf liegen, und wirft sie ins Gebüsch. Ein zweites Mal fasst er tief hinein in Donnas Sachen. Dann entfährt ihm ein entsetztes Keuchen. Seine Hände berühren einen menschlichen Körper. Einen kleinen, zarten Körper! Ist es ein Kind? Nein, eine Frau liegt hier. Nicht Donna, wie könnte es auch Donna sein? Donna ist tot. Diese Person ist zierlicher, jünger. Der Körper ist noch warm. Lange kann die Frau noch nicht tot sein. Was haben sie nur mit ihr gemacht? Und warum haben sie sie in den Koffer gestopft? Er zündet ein Streichholz an, um das Gesicht der Toten zu sehen. Ein Mädchengesicht. Kurzes dunkles Haar. Ein kleines, rundes Gesicht, das ihm nur zu vertraut ist. Obwohl er dem Persönchen nur ein einziges Mal begegnet ist. »Pippa!«, flüstert er heiser. Er spürt einen stechenden Schmerz im Herzen. Erst Donna, und jetzt Pippa! Behutsam streicht er eine Haarsträhne von ihrer Wange. Da klappt ein Auge der Toten auf und blinzelt ihn an. Pico entfährt ein Schrei. Pippa fängt an zu lachen. Aber schon im nächsten Moment springt sie auf und sagt: » Donna hat mir einen Zettel hinterlassen, dass ich aus Berlin abhauen soll. Und dich soll ich mitnehmen. Also – worauf wartest du noch? Wir müssen so schnell wie möglich zum Bahnhof!«

»Sie nahmen den ersten Zug, der vom Hauptbahnhof abfuhr. So kamen sie mit Smutjes Koffer nach Prag. Dort schlossen sie sich einem kleinen Zirkus an. Pippa kam tatsächlich aus einer Zirkusfamilie. Sie war Hochseilartistin. Pico trat zuerst als Jongleur auf, später war er dann ein wundervoller Clown. Ich habe ihm als Kind oft in der Manege zugesehen, meinem Großvater.«

Pico war also Monsieur Vites Großvater – das erklärt, warum sich jede Einzelheit seiner Lebensgeschichte eingeprägt hat.

Monsieur Vite lehnt sich zurück, als wäre jetzt alles erzählt.

»Und dann?«, fragt Lizzy.

»Was wurde aus Waldemar Pabst?«, fragt Gottfried.

»Waldemar Pabst«, sagt Monsieur Vite, »war zeit seines Lebens stolz darauf, dass er den Befehl gegeben hat, Rosa Luxemburg und Karl Liebknecht zu ›richten‹, wie er es ausgedrückt hat. In den 1960er-Jahren gab er dem *Spiegel* ein Interview, in dem er selbstgefällig alles zugab. Da war er schon steinalt. Und hatte eine erfolgreiche Karriere als Waffenhändler hinter sich. Er starb als reicher Mann.«

»Und Pippa und Pico?«

»In der Zeit zwischen den Kriegen gab es in Deutschland zahllose Varietés und Revuen. Nach einer kurzen Zeit in dem kleinen Wanderzirkus kamen sie nach Berlin zurück. Allein hier gab es damals drei Opernhäuser, fast fünfzig Theater und noch mehr Kabaretts und Kleinkunstbühnen. Meine Großeltern hatten an manchen Abenden gleich zwei oder drei Auftritte in den verschiedenen Clubs der Stadt. Ob sie glücklich waren? Damals schon. Später dann …« Er schaut uns an und lächelt. »Gestern war gestern und heute ist heute. Und dazwischen gibt es eine Geschichte, die eines Tages auch noch erzählt werden will. Aber heute nicht mehr. Denn ich hab noch unten im Fundus zu tun!«

Er steht auf und verbeugt sich leicht.

Gottfried geht dann noch ein bisschen trainieren. Und Lizzy und ich gehen in die warme Sommernacht hinaus.

CHRONIK

1911/12 Am Kurfürstendamm, dort, wo sich heute die Budapester Straße befindet, wird das Hotel Eden erbaut. Es ist das erste Hotel in Berlin, das einen Dachgarten und eine eigene Golfanlage auf dem Dach besitzt, und ist mit seinen mehr als 200 Betten eines der größten und am luxuriösesten ausgestatteten Hotels Berlins.

24./25. NOVEMBER 1912 In Basel findet der Internationale Sozialistenkongress, auch Friedenskongress der Zweiten Internationale, statt. Die Arbeiterbewegung demonstriert dort ihren Friedenswillen und verabschiedet ein Manifest gegen den Krieg.

1913 Friedrich Ebert wird Vorsitzender der SPD.

28. JUNI 1914 Erzherzog Franz Ferdinand, der Thronfolger Österreich-Ungarns, und seine Frau werden in Sarajevo von dem serbischen Nationalisten Gavrilo Princip ermordet. Infolgedessen kommt es zur sogenannten Julikrise.

JULI 1914 In der Julikrise, in der sich die Konflikte zwischen den fünf europäischen Großmächten – Frankreich, Österreich, Großbritannien, Russland und Preußen – und Serbien zuspitzen, gelingt es der Regierung des Deutschen Kaiserreichs, die Lage so darzustellen, als müsse sich Deutschland gegen Russland verteidigen. Daher stimmt das Parlament geschlossen – einschließlich der Sozialdemokraten – für die Kriegskredite, die benötigt werden, um den Krieg zu finanzieren. Besonders Friedrich Ebert setzt sich für diese »Burgfriedenspolitik« ein. Die SPD stellt daher ihre früheren Proteste gegen den Krieg ein, nur einzelne Stimmen protestieren weiterhin gegen den Krieg und diese Politik.

Österreich-Ungarn erklärt Serbien den Krieg. Deutschland tritt als Bündnispartner der Donaumonarchie in den Krieg ein. Auf der Seite Serbiens kämpfen Russland, Frankreich und Großbritannien. Weitere Staaten folgen und es kommt zum Ersten Weltkrieg. Etwa 17 Millionen Menschen verlieren in diesem Krieg ihr Leben.

AUGUST 1914 – JANUAR 1919 Innerhalb der SPD bilden sich oppositionelle Gruppen (siehe Sachinfokästen SPD, Spartakisten und Kommunisten). Es kommt zu Abspaltungen und Parteineugründungen.

18. FEBRUAR 1915 Rosa Luxemburg wird für ein Jahr inhaftiert, weil sie 1913 in einer Rede zur Kriegsdienstverweigerung aufgerufen hatte. Drei Monate nach ihrer Entlassung wird sie aufgrund des damaligen Schutzhaft-Gesetzes zur »Abwendung einer Gefahr für die Sicherheit des Reichs« zu insgesamt zweieinhalb Jahren Zuchthaus verurteilt.

12. JANUAR 1916 Nachdem Karl Liebknecht sich im Deutschen Reichstag gegen den Völkermord an den Armeniern durch die osmanischen Verbündeten des Deutschen Reiches eingesetzt hat, wird er aus der Reichstagsfraktion der SPD ausgeschlossen.

1. MAI 1916 Liebknecht ruft als Führer einer Antikriegsdemonstration gegen den Krieg und die Regierung auf. Er wird verhaftet, wegen Hochverrats angeklagt und zu vier Jahren und einem Monat Zuchthaus verurteilt.

JUNI 1916 Es kommt zum sogenannten Liebknechtstreik, bei dem über 50 000 Arbeiter gegen die Verhaftung Karl Liebknechts protestieren. Eine Freilassung Liebknechts kann dadurch jedoch nicht erreicht werden.

1918

JANUAR In Berlin streiken mehrere Hunderttausend Menschen. Es ist der dritte Massenstreik gegen den Krieg und er nimmt überregionale

Ausmaße an. Die streikenden Arbeiter fordern bessere Lebensbedingungen, bessere Arbeitsbedingungen, ein Ende des Krieges und eine Demokratisierung der Verfassung. Erst nach mehreren Tagen kann der Streik durch Einsatz von Polizei und Militär beendet werden. Die Streikforderungen werden nicht erfüllt. Dieser Januarstreik gilt als Vorläufer der Novemberrevolution (siehe unten).

30. SEPTEMBER Per Erlass verkündet Kaiser Wilhelm II. die Einrichtung einer parlamentarischen Regierung in Deutschland. Er will damit eine moderne parlamentarische Demokratie errichten und quasi eine »Revolution von oben« erreichen.

3. OKTOBER Wilhelm II. ernennt Prinz Max von Baden zum Reichskanzler. Dieser bildet noch am selben Tag eine parlamentarische Regierung.

4. OKTOBER Die parlamentarische Regierung unter Reichskanzler Max von Baden bittet die Alliierten offiziell um einen Waffenstillstand. Dieser wird jedoch nicht akzeptiert, da US-Präsident Woodrow Wilson die Entwaffnung und Demokratisierung des Deutschen Reiches fordert. Das schließt die Abdankung des deutschen Kaisers ein.

23. OKTOBER Aufgrund einer allgemeinen Amnestie wird Karl Liebknecht begnadigt und vorzeitig aus der Haft entlassen.

29. OKTOBER – 5. NOVEMBER Obwohl bereits Waffenstillstandsverhandlungen laufen, gibt der Chef der Seekriegsleitung der deutschen Hochseeflotte, Admiral Reinhard Scheer, am 24. Oktober den Befehl, eine Entscheidungsschlacht gegen die britische Marine zu führen. Einige Schiffsbesatzungen verweigern diesen Befehl und es kommt zu Meuterei und Sabotage, dem sogenannten Kieler Matrosenaufstand. Eine Folge dieses Aufstands ist die Novemberrevolution, die sich in kürzester Zeit auf das ganze Deutsche Reich ausweitet.

8. NOVEMBER Im Wald von Compiègne in Frankreich beginnen die Verhandlungen über den Waffenstillstand. Rosa Luxemburg wird aus der Breslauer Haft entlassen.

9. NOVEMBER Ohne die Zustimmung des Kaisers erklärt der Reichskanzler Prinz Max von Baden dessen Thronverzicht und ernennt Friedrich Ebert, den Vorsitzen der Sozialdemokratischen Partei Deutschlands (SPD), zum neuen Reichskanzler. Eberts Plan hingegen war, das Kaiserreich zu erhalten, bis eine Verfassunggebende Versammlung zwischen Monarchie und Republik entscheiden würde. Er stellt sich nun an die Spitze der Revolution, um eine Entwicklung wie die Oktoberrevolution in Russland zu verhindern. In Berlin ruft der Sozialdemokrat Philipp Scheidemann die deutsche Republik aus. Zwei Stunden später ruft Karl Liebknecht die sozialistische Republik aus. Karl Liebknecht und Rosa Luxemburg gründen die Zeitung »Die Rote Fahne«.

10. NOVEMBER Wilhelm II. flüchtet ins holländische Exil. Erst dort dankt er als Kaiser ab. Er hofft vergebens darauf, wieder als Herrscher eingesetzt zu werden. Im Circus Busch wird auf einer Versammlung von 3000 Arbeiter- und Soldatenräten nach einem heftigen Rededuell zwischen Friedrich Ebert und Karl Liebknecht der Rat der Volksbeauftragten als Übergangsregierung gegründet.

11. NOVEMBER Der Waffenstillstand von Compiègne wird unterzeichnet. Damit sind allerdings nur die Kampfhandlungen und nicht der Krieg an sich beendet. Im Hotel Excelsior in Berlin veranlasst Karl Liebknecht die Neugründung der Spartakusgruppe als Spartakusbund in Abgrenzung zur USPD. Rosa Luxemburg verfasst das Programm dafür. Es hat die Entmachtung des Militärs, die Sozialisierung der Schlüsselindustrien und eine Räterepublik zum Ziel.

Während es um 1914 noch 1,25 Millionen zugewanderte ausländische Arbeitskräfte in Deutschland gibt, sind es nach dem Krieg allein 1,4 Millionen russische Kriegsgefangene. Dadurch steigt die Angst von Teilen der Bevölkerung vor dem Bolschewismus. Dieser ist eine in Russland verbreitete marxistische Strömung, die eine kommunistisch-proletarische Räterepublik anstrebt. Da diese in Russland gewaltsam durch die Oktoberrevolution durchgesetzt wurde, fürchten die SPD und andere bürgerliche Kräfte Ähnliches in Deutschland. Zusätzlich steigt die Zahl der Arbeitslosen direkt nach dem Ersten Weltkrieg stark an. Durch Embargomaßnahmen der Siegermächte ist zudem die Rohstoff- und Nahrungszufuhr beschränkt und die Bevölkerung leidet Hunger.

30. NOVEMBER In Deutschland tritt das Reichswahlgesetz mit dem allgemeinen aktiven und passiven Wahlrecht auch für Frauen in Kraft.

10. DEZEMBER Die ersten Soldaten kommen von der Front zurück.

16. – 20. DEZEMBER Im Preußischen Abgeordnetenhaus findet der Reichsrätekongress statt. Insgesamt treffen sich hier 512 Delegierte, die zuvor von Arbeiter- und Soldatenräten gewählt worden sind. Karl Liebknecht und Rosa Luxemburg hatten kein Mandat erhalten. Der Kongress entscheidet sich gegen eine Räterepublik und für die Nationalversammlung, fordert aber auch eine radikale Demokratisierung des Militärs. Die Wahl wird auf den 19. Januar 1919 festgesetzt.

23. DEZEMBER Nach dem 9. November wird zum Schutz der Regierung vor konterrevolutionärem Militär die neugebildete Volksmarinedivision von Kiel nach Berlin geordert. Diese ist zunächst loyal, bis der Rat der Volksbeauftragten unter dem Vorsitz Friedrich Eberts ihre Auflösung und ihren Abzug aus dem Stadtschloss fordert, da die Division beschuldigt wird, einige Kunstschätze aus dem Stadtschloss gestohlen zu haben. Da der Stadtkommandant Otto Wels ihren Sold einbehält, besetzen die Matrosen die Reichskanzlei und nehmen Otto Wels als Geisel. Sie nutzen die Gelegenheit allerdings nicht dazu, die Regierung Ebert abzusetzen, sondern fordern lediglich ihren Sold. Ebert gibt am nächsten Tag den Befehl, das Schloss anzugreifen. Der Angriff scheitert zwar, doch mehr als 70 Menschen sterben und die Ereignisse werden nicht nur von den Spartakisten als »Eberts Blutweihnacht« bezeichnet. Ein Ergebnis dieser Niederlage ist, dass das Militär und die Freikorps bei kommenden Einsätzen rücksichtsloser und gewaltbereiter vorgehen. Nach erneuten Verhandlungen räumen die Matrosen das Schloss und lassen Otto Wels frei. Im Gegenzug verliert dieser sein Amt als Stadtkommandant und die Matrosen erhalten ihren Sold.

29. DEZEMBER Aus Protest gegen Eberts Schießbefehl und die Opfer während der Weihnachtskämpfe verlassen die drei USPD-Vertreter den Rat der Volksbeauftragten

1919

4. JANUAR Friedrich Ebert setzt den Berliner Polizeipräsidenten Emil Eichhorn ab, da dieser sich bei den Weihnachtskämpfen geweigert hatte, die Sicherheitswehr gegen die Volksmarinedivision im Berliner Schloss einzusetzen, und beauftragt stattdessen Gustav Noske mit der Aufstellung und Herbeirufung von Freikorps, also von Truppenverbänden, die aus Freiwilligen bestehen. Das sind beispielsweise ehemalige Soldaten und ungediente Freiwillige.

5. JANUAR Revolutionäre Obleute, von Arbeitern gewählte Streik- und spätere Revolutionsführer, rufen zu einem Generalstreik auf und besetzen das Berliner Zeitungsviertel. Damit wollen sie Emil Eichhorn den Rücken stärken und erreichen, dass die restliche Übergangsregierung gestürzt wird. Außerdem wollen sie die Wahl zur Nationalversammlung verhindern und stattdessen eine Räterepublik errichten. Der Streik wird zur größten revolutionären Massendemonstration in Berlin seit dem 9. November 1918 und wird später als Januaraufstand oder Spartakusaufstand bezeichnet.

8. – 12. JANUAR Gustav Noske, Eberts selbst ernannter »Bluthund«, beendet mit seinen Truppen den Spartakusaufstand gewaltsam. Etwa 165 Menschen werden erschossen. Die Spartakusführer, unter ihnen Rosa Luxemburg und Karl Liebknecht, müssen in Berlin untertauchen. Sie werden wegen ihrer Beteiligung am Januaraufstand steckbrieflich gesucht.

15. JANUAR Rosa Luxemburg und Karl Liebknecht werden ebenso wie Wilhelm Pieck, ein weiteres Mitglied des Spartakusbundes, von der Wilmersdorfer Bürgerwehr, einer von Zivilisten gebildeten bürgerlichen Miliz, gefangen genommen. Sie werden ins Eden-Hotel gebracht, das zu dem Zeitpunkt Stabsquartier der Garde-Kavallerie-Schützen-Division, der größten Freikorps-Gruppe, ist. Dort verhört sie Hauptmann Waldemar Pabst, der Erste Generalstabsoffizier der Division. Auf seinen Befehl hin und mit Billigung Gustav Noskes werden Rosa Luxemburg und Karl Liebknecht auf dem Weg zum Moabiter Untersuchungsgefängnis ermordet, während Wilhelm Pieck freigelassen wird. Rosa Luxemburgs Leiche wird in den Landwehrkanal geworfen und erst Ende Mai 1919 geborgen. Die Presse schreibt, dass Liebknecht auf der Flucht erschossen und Luxemburg von einer aufgebrachten Menge gelyncht worden sei. Später werden die Morde an ihnen zwar bewiesen, die Mörder aber vom zuständigen Militärgericht freigesprochen. Zwei von ihnen werden zu geringfügigen Gefängnisstrafen verurteilt.

Noch 1962 kann sich Waldemar Pabst seines Befehls zu den Morden rühmen, da diese im selben Jahr vom Presse- und Informationsamt der Bundesregierung offiziell zu »standrechtlichen Erschießungen« erklärt werden.

16. JANUAR Leo Jogiches übernimmt die Leitung der KPD und setzt sich mit Artikeln in der *Roten Fahne* für die Aufklärung der Morde an Rosa Luxemburg und Karl Liebknecht ein.

19. JANUAR Die Verfassunggebende Deutsche Nationalversammlung wird gewählt. Diese tagt wegen des Spartakusaufstands nicht in Berlin, sondern in Weimar.

25. JANUAR Obwohl die Regierung große Teile Berlins abriegelt und Demonstrationen und Versammlungen an diesem Tag verbietet, wird die Trauerfeier für Rosa Luxemburg, Karl Liebknecht und die übrigen getöteten Beteiligten am Januaraufstand eine der eindrucksvollsten revolutionären Begräbnisfeiern Berlins.

11. FEBRUAR Friedrich Ebert wird von der Nationalversammlung zum Reichspräsidenten gewählt.

3. – 16. MÄRZ Während der Berliner Märzkämpfe, eines Generalstreiks, verlieren etwa 1200 Menschen ihr Leben. Die hohe Zahl an Opfern ergibt sich unter anderem daraus, dass ein von Waldemar Pabst entworfener Befehl zur Gefangenentötung von Oberbefehlshaber Noske unterzeichnet worden ist. Das hat zahlreiche Morde zur Folge.

10. MÄRZ Leo Jogiches wird verhaftet und im Untersuchungsgefängnis Berlin-Moabit von Kriminalwachtmeister Ernst Tamschick durch einen Schuss in den Hinterkopf ermordet.

28. JUNI Auf der Pariser Friedenskonferenz im Schloss Versailles wird der Friedensvertrag von Versailles unterzeichnet. Damit endet der Erste Weltkrieg und es kommt zur Gründung des Völkerbunds.

11. AUGUST Die Weimarer Verfassung wird verabschiedet und damit endet auch die Novemberrevolution.

POLITIKER UND PARTEIEN

ROSA LUXEMBURG

* 5. März 1871 als Rozalia Luksenburg in Zamość, Königreich Polen
† 15. Januar 1919 in Berlin
Bereits im Alter von 16 Jahren engagiert sich die begabte Schülerin für
die polnische Sozialdemokratie. Sie muss aus Polen vor der Polizei fliehen und studiert in Zürich u. a. Volkswirtschaftslehre. Mit 27 Jahren
kommt die glänzende Rednerin und Journalistin nach Berlin. Sie wird
neben Karl Liebknecht führende Person des linken Flügels der Sozialdemokratischen Partei Deutschlands (SPD) und ruft 1913 öffentlich
zur Kriegsdienstverweigerung auf, wofür sie zu einem Jahr Gefängnis
verurteilt wird. Bei Ausbruch des Ersten Weltkriegs bricht sie wegen
deren »Burgfriedenspolitik« mit der SPD und gründet die »Gruppe Internationale«. Mit Liebknecht leitet sie dann den daraus hervorgehen-
den Spartakusbund. Den Krieg verbringt sie wegen »Aufforderung zum
Ungehorsam gegen Anordnungen der Obrigkeit« weitgehend im Gefängnis. Ende 1918 gehört sie zu den Gründungsmitgliedern der Kommunistischen Partei Deutschlands (KPD), deren erstes Parteiprogramm
sie mitverfasst. Nach dem Januaraufstand 1919 wird sie wie Karl Liebknecht von Freikorpssoldaten ermordet.

KARL LIEBKNECHT

*13. August 1871 in Leipzig
†15. Januar 1919 in Berlin
Karl Liebknecht ist der Sohn des SPD-Politikers Wilhelm Liebknecht
und dessen Frau Nathalie. Der Rechtsanwalt zählt vor dem Ersten Weltkrieg zum äußersten linken Flügel der SPD. Bereits 1907 aufgrund einer
antimilitaristischen Schrift wegen Hochverrats zu eineinhalb Jahren
Festungshaft verurteilt, wird er im Januar 1916 wegen seiner Ablehnung

des Krieges aus der SPD-Fraktion ausgeschlossen und ein halbes Jahr später wegen »Kriegsverrat« zu vier Jahren Zuchthaus verurteilt. Am 23. Oktober 1918 kommt er frei.

Er betrachtet den Massenstreik als politisches Kampfmittel. In seinen Schriften weist er die enge Verbindung zwischen Kapitalismus und Krieg nach.

Während der Novemberrevolution ruft Liebknecht am 9. November 1918 vom Balkon des Berliner Schlosses die »freie sozialistische Republik« aus. Am 11. November gründet er gemeinsam mit Rosa Luxemburg und Leo Jogiches erst den Spartakusbund, im Dezember 1918 die Kommunistische Partei Deutschlands. Nach dem Januaraufstand 1919 wird er von Freikorpssoldaten ermordet.

WALDEMAR PABST
* 24. Dezember 1880 in Berlin
† 29. Mai 1970 in Düsseldorf
Waldemar Pabst erhält 1899 an der Preußischen Hauptkadettenanstalt sein Offizierspatent. Während des Ersten Weltkriegs ist er zunächst in Belgien im Einsatz, danach kämpft er in der Schlacht um Verdun mit. Ab Mitte 1916 ist er in der obersten militärischen Führung, dem Generalstab, tätig.

Als Erster Generalstabsoffizier schlägt er mit Hilfe von Freikorps, der Garde-Kavallerie-Schützen-Division, Anfang Januar 1919 die Aufstände in Berlin nieder. Im Sommer 1919 stehen 40 000 Freikorpssoldaten unter seinem Kommando. Er ist verantwortlich für die Ermordung von Liebknecht und Luxemburg. Nach eigener Aussage hatte er für die Morde die ausdrückliche Zustimmung des späteren Reichswehrministers Noske und auch des späteren Reichspräsidenten Ebert (beide SPD). Vor Gericht verantworten muss Pabst sich nie. Als Waffenhändler bringt er es in seinem späteren Leben zu beträchtlichem Wohlstand.

GUSTAV NOSKE
* 9. Juli 1868 in Brandenburg an der Havel
† 30. November 1946 in Hannover
Gustav Noske, gelernter Korbmacher und schon früh politisch aktiv, tritt 1884 der SPD bei, zu deren rechtem Flügel er zählt. Er wird der erste sozialdemokratische Minister mit Zuständigkeit für das Militär

in der deutschen Geschichte. Noske gilt als umstrittenster Politiker der SPD. Für die einen ist er ein »Arbeiterverräter«, für die anderen der »Retter Deutschlands«. Zwischen 1918 und 1920 geht er gewaltsam gegen Revolutionäre und deren Strukturen vor, z. B. gegen die Räterepubliken in München und Bremen. »Einer muss der Bluthund werden, ich scheue die Verantwortung nicht« – ein berühmt-berüchtigter Satz aus seinem Mund. Die Spaltung der deutschen Arbeiterbewegung geht zu einem großen Teil auf sein Konto.

Im Februar 1919 wird Noske das Reichswehrministerium übertragen. Ein Jahr später muss er zurücktreten.

FRIEDRICH EBERT

* 4. Februar 1871 in Heidelberg
† 28. Februar 1925 in Berlin

Friedrich Ebert, gelernter Sattler und schon mit 18 Jahren SPD-Mitglied, wird 1913 Vorsitzender der Sozialdemokratischen Partei Deutschlands. Während des Krieges vertritt er bis zum Schluss die Politik der »Vaterlandsverteidigung«. In der Novemberrevolution 1918 übernimmt seine Partei sowie die von ihr abgespaltene radikalere Unabhängige Sozialdemokratische Partei Deutschlands (USPD) die Regierung. Die Weimarer Nationalversammlung wählt Ebert am 11. Februar 1919 zum ersten Reichspräsidenten. In den Jahren 1919 bis 1923 lässt Ebert mehrere Aufstände von revolutionären Sozialisten mit Waffengewalt niederschlagen. Auch gegen Putschversuche von rechts geht er 1920 und 1923 entschieden vor. Von 1919 bis zu seinem Tod amtiert er als erster Reichspräsident der Weimarer Republik. Er tritt für den Aufbau der parlamentarischen Demokratie ein. Wie Gustav Noske steht er zwischen den Fronten und gilt den Linken als »Arbeiterverräter«, den Rechten als »Vaterlandsverräter«.

SPD

Die SPD ist die älteste noch bestehende politische Partei Deutschlands. Sie geht 1875 unter dem Namen Sozialistische Arbeiterpartei Deutschlands aus der Verbindung von zwei Vorläuferorganisationen der Arbeiterbewegung hervor und wird 1890 in Sozialdemokratische Partei Deutschlands umbenannt.

Nach dem verlorenen Ersten Weltkrieg bemüht sich die SPD, die staatliche Ordnung aufrechtzuerhalten. Um der radikalen Linken zuvorzukommen, ruft der SPD-Politiker Philipp Scheidemann am 9. November die Deutsche Republik aus. Seinem Parteigenossen Friedrich Ebert wird daraufhin das Amt des Reichskanzlers übertragen, und noch am selben Tag bildet die SPD mit ihrer linken Abspaltung USPD den Rat der Volksbeauftragten als vorläufige Reichsregierung. Der Rat setzt dringende Reformen um – z. B. das Frauenwahlrecht – und ebnet den Weg für die Wahlen zur Verfassunggebenden Nationalversammlung.

Von Januar 1919 bis Mai 1920 bildet die SPD als stärkste Partei mit der Zentrumspartei und der Deutschen Demokratischen Partei (DDP) die erste Weimarer Regierung. Hauptaufgaben dieser Regierung unter Reichsministerpräsident Philipp Scheidemann sind der Abschluss eines Friedensvertrags mit den ehemaligen Kriegsgegnern, die Auflösung des Heeres, der Aufbau einer Friedenswirtschaft und die Ausarbeitung einer neuen Verfassung. Bald sitzt die SPD zwischen allen Stühlen: Ihre Politik wird von USPD und KPD als »verbürgerlicht« und von konservativen Parteien wie der Deutschnationalen Volkspartei (DNVP) und der Deutschen Volkspartei (DVP) als »nationale Selbstaufgabe« scharf kritisiert.

SPARTAKISTEN UND KOMMUNISTEN

Rosa Luxemburg, Karl Liebknecht und weitere radikale Kriegsgegner innerhalb der SPD gründen im August 1914 die Gruppe Internationale. Sie geben illegal politische Briefe heraus, die mit »Parteigruß Spartakus« unterzeichnet werden. Bald nennt man die Gruppe Spartakusgruppe. Dieser Name bezieht sich auf den römischen Sklaven Spartacus, den Anführer eines Sklavenaufstands im antiken Römischen Reich. Sein Name symbolisiert für die Spartakisten den Widerstand der Unterdrückten gegen ihre Ausbeuter.

Als die SPD die Kriegsgegner in ihren Reihen aus der Partei ausschließt, wird von den Ausgeschlossenen im April 1917 die USPD gegründet – die Unabhängige Sozialdemokratische Partei Deutschlands. Die Spartakusgruppe tritt in diese neue Partei ein. Die SPD nennt sich ab dem Zeitpunkt MSPD – Mehrheitssozialdemokratische Partei Deutschlands.

Während der Novemberrevolution 1918 gründet sich die Spartakusgruppe als Spartakusbund neu und sieht sich als deutschlandweite und parteiunabhängige Organisation, die eine Räterepublik zum Ziel hat. Darunter versteht man einen politischen Aufbau der Gesellschaft auf der Basis von Räten anstelle eines Parlaments, in die auf der untersten Ebene Personen eines Betriebes oder Bezirks gewählt werden. Die Räte sollen föderal aufeinander aufbauend vernetzt sein, von Betrieben und Kommunen ausgehend bis zum gesamtstaatlichen Überbau. Auf der höchsten Ebene steht ein »Zentralrat«, der als formaler Gesetzgeber, Regierung und Gericht die Entscheidungen der lokalen Räte bündelt und aus gesamtgesellschaftlicher Perspektive umsetzt. Für die dem zentralistischen parlamentarischen System verbundene SPD, besonders für Ebert, gilt die USPD daher als »Feind«. Als der Spartakusbund seine Positionen innerhalb der USPD nicht mehr durchsetzen kann, geht er am 1. Januar 1919 in der neu gegründeten Kommunistischen Partei Deutschlands (KPD) auf.

KIELER MATROSENAUFSTAND

Obwohl bereits Waffenstillstandsverhandlungen laufen, gibt der Chef der Seekriegsleitung der deutschen Hochseeflotte, Admiral Reinhard Scheer, am 24. Oktober den Befehl, eine Entscheidungsschlacht gegen die britische Marine zu führen. Einige Schiffsbesatzungen verweigern diesen Befehl und es kommt vom 29. Oktober bis zum 5. November zu Meuterei und Sabotage, dem sogenannten Kieler Matrosenaufstand. Die streikenden Matrosen suchen die Unterstützung der Gewerkschaften, von USPD und SPD. Als daraufhin das Kieler Gewerkschaftshaus von der Polizei gesperrt wird, organisieren der Matrose Karl Artelt und der Werftarbeiter Lothar Popp eine Versammlung auf dem Großen Exerzierplatz. Mehrere Tausend Menschen, hauptsächlich Matrosen, aber auch Frauen und Männer der Arbeiterschaft, versammeln sich und fordern die Freilassung der verhafteten Meuterer sowie die Beendigung des Krieges und eine bessere Versorgung mit Lebensmitteln. Dass die Matrosen sich so vehement für die Freilassung ihrer Kameraden einsetzen, erklärt sich zum Teil dadurch, dass bei einer ähnlichen Meuterei 1917 die beiden Verantwortlichen hingerichtet wurden und die Matrosen ihren verhafteten Kameraden ein ähnliches Schicksal ersparen wollen. Einige der verhafteten Matrosen werden freigelassen. Die Demonstration wird schließlich von der Polizei mit Waffengewalt aufgelöst. Sieben Demonstranten kommen dabei ums Leben.

Es kommt erneut zu Unruhen, Matrosen rebellieren gegen ihre Offiziere. Es kursieren Gerüchte, die Offiziere hätten sich gegen sie verschworen, was die rücksichtslose Waffengewalt, mit der die Matrosen vorgehen, erklärt. Der erste Soldatenrat wird gebildet. Weitere Arbeiter- und Soldatenräte werden gegründet und fordern unter anderem die Abdankung des Kaisers und die Einführung eines Volksheers. Gustav Noske wird zum Vorsitzenden des Kieler Arbeiter- und Soldatenrats gewählt. In Kiel streiken die Arbeiter, und um weiteres Blutvergießen zu verhindern, entschließt sich Gouverneur Souchon dazu, mit den Aufständischen zu verhandeln.

Nachdem die Soldaten alle wichtigen Gebäude der Stadt besetzt haben, sind sie am 5. November in der Position, Forderungen an die Militärführung zu stellen. Eine Forderung der »14 Kieler Punkte« ist die Freilassung sämtlicher Inhaftierten und politischen Gefangenen.

96 Seiten, gebunden
ISBN 978-3-8369-5775-5

Maja Nielsen

Feldpost für Pauline

Maja Nielsen hat ein fesselndes und zugleich lehrreiches Jugendbuch geschrieben. Geschickt verknüpft die Autorin die Ereignisse von vor 100 Jahren mit dem Leben Paulines im 21. Jahrhundert, so dass sich der Leser durch die Parallelen gut in die Menschen von damals hineinversetzen kann.

G/GESCHICHTE

Post für Pauline Lichtenberg! Eine Feldpost aus dem Ersten Weltkrieg – mit fast 100 Jahren Verspätung zugestellt! Was zunächst eine kuriose Pressegeschichte ist, erweist sich für die 14-jährige Pauline als eine berührende Reise in die Vergangenheit. Wer war ihre Namensvetterin Pauline? Wer war Wilhelm, der diese Feldpost aus einem Schützengraben in Verdun an seine Verlobte in der Heimat geschrieben hat? Mit detektivischer Neugier macht sich Pauline daran, gemeinsam mit ihrer Großmutter das Geheimnis des Briefes zu ergründen. Sie erfährt von einer großen Liebe in einer schrecklichen Zeit – und begegnet auch sich selbst auf eine überraschende Weise ganz neu.

www.gerstenberg-verlag.de

Berlin um 1918

Exerzier-
platz

Zellen-
gefängnis
Moabit

Kaserne

Kriminalgericht

Invalidenstr.

Alt-Moabit

Alt-Moabit

Bahnhof
Bellevue

Spree

Schloss
Bellevue

Bahnhof
Tiergarten

Charlottenburger Chaussee

Großer
Stern

Charlottenburger Chaussee

Bellevueallee

TIERGARTEN

①

Große Stern Allee

Landwehrkanal

②

Tiergartenstr.

ZOOLOGISCHER
GARTEN

Cornelius-
brücke

Bahnhof
Zoologischer
Garten

Eden-Hotel

Kaiser-Wilhelm-
Gedächtniskirche

Lützowstr.

Kurfürstendamm

Kurfürstenstr.

Augsburger Str.

Potsdamer S

Kleiststr.

Nollendorf-
platz

Bülowstr.

① Hier wurde Karl Liebknecht ermordet.
② Hier wurde Rosa Luxemburgs Leiche
   in den Landwehrkanal geworfen.